KB010804

서문문고
148

태 풍

셰익스피어 지음
김 재 남 옮김

The Tempest
by
William Shakespeare

해　설

김 재 남

≪태풍(The Tempest)≫은 제1이절판에서 처음으로 활자화되었다. 이것은 셰익스피어 사후 고인을 추모하여 동료 배우인 헤민지와 콘델이 셰익스피어의 희곡 중 〈페리클리즈〉만 제외하고 한 권에 모아 1623년 출간한 것이다. 〈태풍〉은 이 전집 맨 앞에 수록되어 있는데, 그 까닭은 아마 이 작품이 마지막 작품인데다가 궁중에서 공연하여 성공을 거뒀기 때문이라 하겠다.

이 작품의 인쇄 대본은 극장 연출인이 정리를 한 자필 원고라고 볼 수 있다. 따라서 이 작품의 고본은 다른 고본들보다 오식이나 잘못이 비교적 적다. 또한 이 작품은 다른 작품들보다 연출 설명이 비교적 상세한데, 이는 아마 이 작품이 고향에서 제작된 것으로 셰익스피어 자신이 이 극을 공연할 때 직접 관여하지 않더라도 공연에 지장이 없도록 하자는 것인 듯하다. 그리고 이 작품은 인쇄 대본이 인쇄소에 넘겨지기 전에 상당한 변화와 교열이 가해진 듯하며, 그것도 셰익스피어 자신의 손에 의해서 행해진 듯하다.

이 작품의 제작 연대는 비교적 정확하게 추정해 낼 수 있다. 왕실의 기록에 의하면 1611년 11월 1일 제임스 1세 어전에서 공연되었다. 이 기록이 위조라는 설도 있으나 지금으로는 대체로 신빙되고 있다. 이밖에 확실한 기록으로는 1613년 5월에 궁정에서의 공연을 들고 있다. 그리고 또한 작품의 내적 증거인데, 가필과 변화가 행해진 흔적이 뚜렷한 것으로 보아, 체임버스는 이 작품의 제작 연대를 1611년에서 1612년에 걸쳐 완성된 것이라고 추정하고 있다.

이 작품은 〈한여름 밤의 꿈〉과 더불어 셰익스피어 극으로서는 출처가 명확지 않으나, 몇 가지 출처를 대는 학자들이 있다. 작품의 한 가지 골자인, 공작이 딸과 함께 무인도에 추방되어 마술사가 된 수 년 후에 원수를 만나자 용서를 해 주고 딸은 원수의 아들과 결혼한다는 줄거리를 가진 이야기는 벌써 스페인과 독일에 존재하고 있었다. 그러나 셰익스피어는 이 두 가지의 어느쪽도 보지 못했을 것이고, 이 세 작품이 출처로 하는 어떤 공통의 다른 작품이 있을 것으로 추측하는 학자들도 있다. 한편 배가 난파당하여 마의 섬에 표착한다는 줄거리는 당시 미주로 항해한 선박들이 버뮤다 군도에 난파당하여 이 군도에는 항상 바람이 불고 기묘한 소리가 난다는 사실을 알고 이 소식을 고국에 가져왔는데, 셰익스피어가 그 이야기를 작품에 일부 이용한 것이라고 생각할 수도 있다.

이 작품은 세 개의 요소로 구성되어 있다.

첫째, 주인공 프로스페로가 대표하고 있는 초자연의 세계가 있다. 이는 정령 에이리엘을 매개로 한 공간으로부터, 마녀의 피를 받은 괴물 캘리밴을 매개로 하는 지하의 암흑에까지 세력이 미치고 있다. 그래서 이 극의 관중들은 잠시 속세의 구속에서 벗어나서 주인공과 더불어 초자연계의 사람이 되어 마술이 보여 주는 환상을 즐긴다. 그럼 대체 주인공 프로스페로는 누구일까? 초자연력을 구사하고 원수와 화해를 하며, 마의 서적을 바닷속에 깊이 묻고 고향에 다시 돌아가는 이 거인은 대체 누구일까? 시인 캠벨의 말마따나 프로스페로는 과연 셰익스피어 자신일까? 한 자루의 연필을 가지고 당대의 런던 사람들의 마음을 사로잡은, 아니 오늘날까지 시간과 공간을 초월하여 인류를 매혹시킨 이 대시인이 만년에 예술의 옷을 벗고 고향에 돌아가서 여행을 즐기려고 하는 모습은 프로스페로가 고향에 돌아가려는 그것과 흡사한 심정이 아닐까? 그렇다면 작품 속에서 좀처럼 자기를 표백하지 않는 셰익스피어가 이 작품에서만은 예외적이라 하겠는데, 극 중에 환상이 사라진 것을 보고 흥분한 퍼디네인드에게 현상세계의 허무함을 설교한 프로스페로는 오직 기도로써 극락왕생을 희구하고 있음을 알 수 있다.

둘째, 이 극의 세계는 난파당하여 상륙한 사람들이 가져온 현실의 세계이다. 이는 권세와 욕망을 채우기 위해서는 골육상쟁이라도 할 세계면서도 그런 환경에서 곤잘로의 인도주의는 프로스페로의 마음과 통하고, 퍼디네인드와 미란다의 결합도 무리한 기교 같은 것은 전혀 보이지 않는다.

셋째로 미란다의 세계가 있다. 이는 맑디맑은 세계
며, 셰익스피어는 미란다에서 여성의 선(善)과 매혹을
추상한 듯하며, 또한 미란다에서 순수한 시를 본 게 아
닐까. 이 극은 〈한여름 밤의 꿈〉과 같이 궁중의 결혼을
축하하기 위해 쓰여진 듯한데, 이 두 작품에는 다 같이
음악과 요정들이 나온다. 그러나 〈한여름 밤의 꿈〉의
요정들은 셰익스피어 소년 시절의 요정들이라고 해야하
지 않을까, 마구 장난을 치고 인간을 우롱하는 요정들
이지만, 이 극의 요정은 도리어 인간에게 부림을 당한
다. 이러한 요정의 세계에서 미란다는 그 요정의 환경
에는 조금도 지배되지 않고 자기 생활을 한다. 착하고
공포를 모르는 요정 미란다의 그 본능은 사랑의 가정을
영위하고 좋은 자손을 낳고 평화스러운 사회와 국가를
이룩하며, 보다 더 좋은 세계를 건설하는 데에 있는 것
이 아닐까. 이상의 세 가지 세계 중에서도 이 극의 궁
극적 취지는 초자연 세계의 환경이나 인간악의 가능성
에 대한 통찰에 있다기보다 역시 청춘의 순수한 사랑에

대한 신뢰와 희망에 있는 것이라 하겠다.

이 극은 관중이 즐기도록 한 것이 주목적임에는 틀림
없겠으나, 셰익스피어의 다른 작품들과 마찬가지로 극
전체의 밑바닥을 흐르고 있는 주제가 있다. 셰익스피어
의 만년을 통하여 일관하여 흐르고 있는 주제는 화해의
정신이다. 〈페리클리즈〉, 〈심벨린〉, 〈겨울 밤 이야기〉,
그리고 〈태풍〉이 다루고 있는 공통적인 주제인즉, 한
세대의 과실이 다음 자식 세대에 가서 순수한 사랑으로
말미암아 보상되는 주제이다. 〈태풍〉에서는 특히 이 주
제가 뚜렷하며, 악에 대하여 복수가 아니라 자비와 관
용으로 끝을 맺는다. 이 작품 이외의 상기 세 작품에서
는 극적 행동이 십수 년 내지 수 개월에 걸쳐 연결되는
데에 비해, 이 작품은 극의 사건이 약 세 시간에 걸쳐
끝난다. 이렇게 이 극에서는 원래 고전극의 삼일치(三
一致) 법칙에 구애받지 않는 셰익스피어의 작품에서는
보기 드물게 시간의 일치와 장소의 통일이 지켜지고 있
다.

※ 태 풍

차 례

태 풍

풍 비

◎ 장소와 나오는 사람들

장 소
무인도

나오는 사람들

알론조	나폴리 왕
세바스티안	알론조의 동생
프로스페로	밀런의 공작
안토니오	밀런의 공작 지위를 빼앗은 그의 동생
퍼디네인드	나폴리 왕의 아들
곤잘로	나폴리 왕의 정직한 대신
에이드리언	나폴리 귀족
프란시스코	나폴리 귀족
캘리밴	추악하게 생긴 야만인
트링큘로	나폴리 왕의 어릿광대
스테파노	취한 요리장
선장	
수부장	
선원	
미란다	프로스페로의 딸
아이리스	
시리즈	
주노	요정들
물의 전령들	
풀 베는 난쟁이들	
에이리엘	

제 1 막

제 1 부

제1장

바다의 배 위.

천둥, 번개와 폭풍 소리. 배의 가운데 갑판이 보이고,
그 위에 파도가 덮친다. 선장과 수부장이 나온다.

선 장 (고물 쪽 갑판에서) 수부장!

수부장 (가운데 갑판에서) 여기 있습니다, 염려 없습니
까?

선장 물론이지. 이봐요, 수부들 보고 기운을 내서 잘
들 하라고 해요. 잘못하다가는 우린 암초에 걸리고
만단 말이야. 자, 모두들 기운을 내요, 기운을!
(고물의 키 있는 데로 돌아간다)

선장의 호각 소리가 난다.

수부장 여보게들! 용기를 내게, 용기를……. 정신을
차 려야 해. 단단히……. 꼭대기의 돛을 내리란
말이야. 선장님의 호각 소리가 안 들리나. (거센 바
람을 향해) 얼마든지 불어라, 네 숨이 끊어질 때까
지! 바다는 넓다!

알론조, 세바스티안, 안토니오, 퍼디네인드, 곤잘로 등
이 갑판으로 나온다.

알론조 이봐 수부장, 부디 조심하게. 선장은 어디있
지? 수부들을 모두 부르게.

수부장 어서 선실로 내려가 계십시오.

안토니오 선장은 어디 있지, 수부장?

수부장 선장님께서 말씀하셨죠? 일에 방해가 됩니다.
선실로 가세요. 이러시면 폭풍에 부채질하시는 격
입니다.

곤잘로 원, 그러지 말고 좀 조용히 하게나.

수부장 예, 바다만 자준다면야. 자, 어서들 가세요. 폭
풍이 임금님인들 무서워할 줄 아십니까? 자 선실
로……, 참견은 말아 주십시오. 방해는 딱 질색이
니까요!

곤잘로 그런 소리 하면 못 써, 이 배에 어떤 분이 타
고 계신가를 잊어서는 안 돼.

수부장 제 몸보다 소중한 것이 있을라고요? 당신은
고문관이십니다. 어디 한 번 이 풍랑이 멎도록 명
령을 해보세요. 그렇게만 해주신다면 저희는 한평
생 밧줄에 손을 대지 않겠습니다. 자 어디 그 위력
을 한 번 보여 주실까요? 그걸 못 하신다면 여태

까지 산 것만도 고맙게 생각하시고 선실로 내려가
만약의 경우를 각오나 하고 계십시오. 자, 여보게
들, 기운을 내요 기운을…… 어서 내려가시라니까
요. (수부장 이물 쪽으로 달려간다)

곤잘로 (배가 앞뒤로 흔들릴 때마다 말이 중단되면서) 저 친
구를 보니 마음이 든든하군. 아무리 봐도 물에 빠
져죽을 상은 아니야. 관상을 볼 땐 교수형감이거
든. 아, 운명의 신이여, 저 녀석이 교수형을 받게
될 때까지 부디 그 숙명의 밧줄을 저희들의 닻줄
로 쓰게 하여 주십소서. 이 배는 아무래도 불안하
니까요. 저놈이 교수형을 당할 팔자가 아니라면 우
리 입장은 몹시 한심하게 되겠는데.

　　　수부장이 고물 쪽에 나타난다. 손님들은 그 앞을 지나
　　　선실로 물러간다.

수부장 꼭대기의 돛대를 내려…… 모두들 정신 차려,
더 내려, 더! 큰 돛만으로 달리게 하라. (아래서
외침소리가 난다) 제기랄, 누가 저렇게 악을 쓸까?
폭풍이나 내 호령보다도 더 큰 소리를 내는군.

　　　세바스티안, 안토니오, 곤잘로기 돌아온다.

수부장 또들 오셨네? 무슨 볼일이십니까? 우리 보고

하던 일을 집어치우고 빠져죽으란 말씀입니까? 물
속에 빠지는 맛을 보여 주고 싶다는 건가요?

세바스티안 이 녀석 하는 말 좀 보게, 고얀 놈 같으
니. 개같이 인정머리 없이 왜 이렇게 떠들고 욕을
해!

수부장 그럼 우선 손수 해보시지, 그렇게까지 말씀하
신다면.(상대를 하지 않고 옆을 본다)

안토니오 이 고얀 녀석 같으니, 목을 매서 죽여 줄까
보다. 버릇없이 누구 앞에서 큰소리야! 빠져죽는
걸 무서워하는 건 네놈들이다.

곤잘로 내가 보증합니다, 저자는 빠져죽지 않을 거요.
설사 배가 호두껍질처럼 약하고 오줌줄이 짧은 계
집애같이 줄곧 물이 새더라도 그것만은 염려 없어.

수부장 (큰 소리로) 바람을 따라 배를 돌려라, 돌려! 앞
돛과 큰 돛을 쳐라. 바다로 다시 나가자, 멀찌감
치! (자포자기하여) 멀리 육지를 떠나 버려!

　　　　배가 암석에 부딪힌다. 색구(索具)와 이물에서 고물에
　　이르기까지 여기저기 도깨비불이 날아다닌다. 흠뻑 젖은
　　선원들이 등장.

선원들 이젠 글렀어, 글러! 기도나 드리자고, 기도나!

수부장 (천천히 술병을 호주머니에서 꺼내면서) 아니, 이젠

우리의 입은 차디차져서 얼어붙어야 한단 말인가?

곤잘로 왕과 왕자께서도 지금 기도하시는 중이오. 우
리도 같이 기도나 드립시다, 다 같은 운명들이니
까.

세바스티안 난 더 참지 못하겠어.

안토니오 그래 주정뱅이들한테 감쪽같이 속아서 생명
을 빼앗기고 말 것인가. 요 합죽이 녀석 같으니…
… 이 녀석, 목을 매서 열흘만 밀물에 잠가놓을까
보다.

곤잘로 저 녀석은 역시 교수당할 운명이죠. 설혹 해수
의 물방울 하나하나가 죄다 안 그렇다고 단언하면
서 아가리들을 딱 벌리고 저 녀석을 삼키려고 하
는 일이 있더라도 말이오.

떠드는 소리 (아래에서) 이크! 배가 부서지네, 배가…
…. 그럼 다들 잘 있어, 아내여, 자식들아! 잘 있
어요, 형제여! 배가 부서지네, 부서져, 배가!

안토니오 왕과 함께 침몰합시다.

세바스티안 왕에게 작별 인사나 합시다.(두 사람 퇴장)

곤잘로 이제는 몇만 평의 바다보다도…… 불모지라도
좋으니 한 마지기의 육지가 그립구나. 키가 큰 잡
초든 갈색의 전나무든, 이밖에 뭐가 자라 있어도
좋으니. 하느님의 뜻이라면 할 수 없지만, 그래도

운명은 육지에서 하고 싶구나!

　사람들이 갑판으로 뛰어 올라와서, 배 측면으로 가는
모양이 인화에 비쳐 보인다. 별안간 인화가 꺼진다. 사람
들의 고함이 들린다.

제 2 장

섬.

섬에는 상하 2단의 절벽이 있다. 아래 절벽 위에는 푸른 잔디풀이 자라나고 있고, 위 절벽에서 참피나무 사이를 통하여 내려오는 길이 있다. 위 절벽에는 동굴 입구가 있고 막으로 가려져 있다. 미란다가 바다를 바라보고 있다. 마법사의 망토를 입고 마의 지팡이를 든 프로스페로가 동굴에서 나온다.

미란다 (돌아다보면서) 아빠, 아빠가 마술로 바다를 저렇게 뒤끓게 해놓으신 거라면…… 다시 자게 해주세요. 바닷물이 하늘의 얼굴에 닿아서 번갯불을 끄지 않는다면, 하늘에선 냄새 고약한 역청(瀝青)이 쏟아질 것만 같아요. 아! 저기 고통당하는 사람들을 보고 저도 같이 고통을 느껴요. 저 용감한 배에는 반드시 훌륭한 분이 타고 계실 텐데 박살나 버렸어요.(흐느껴 울면서) 아, 울음소리에 제 가슴이 아파요……가엾게 죄다 죽어 버렸어요. 제가 힘을 가진 신이라면 바다를 땅 밑에 가라앉게 해버리고 그 좋은 배나 그 배에 타고 있는 분들을 삼키도록

　　　내버려 두지 않았을 것을.

프로스페로 　진정하고, 그만 울어라. 그리고 그 인자한
　　　가슴에 전해라, 다 무사하다고.

미란다 　아, 가엾어!

프로스페로 　무사하다니까. 실은 다 너를 위해서 한 일
　　　이란다. 아가, 귀여운 내 딸아, 너는 모르고 있다.
　　　네 신분도…… 아버지의 고향도…… 그리고 아버
　　　지는 참 보잘것없는 이 굴의 주인 프로스페로보다
　　　는, 글쎄 보다시피 네 아버지보다는 더 신분이 높
　　　은 아버지란 것을 너는 모르고 있다.

미란다 　(다시 바다 쪽으로 몸을 돌리고) 한 번도 그것을
　　　알고 싶다는 생각을 한 적이 없었어요.

프로스페로 　이젠 때가 왔으니 그 얘기를 하겠다. 자
　　　마술의 옷을 좀 벗겨다오……음, 그렇게.(망토를 벗
　　　어서 곁에 놓는다) 마술이여, 거기 좀 쉬고 있거라.
　　　그런데 아가, 넌 눈을 씻고 진정을 해라. 난파선의
　　　무서운 광경이 여인의 정을 일으키게 한 모양이로
　　　구나. 내가 미리 마술로 안전하게 마련해 놓아서
　　　울부짖음이 들리고 침몰하는 광경이 보인 그 배
　　　안에서는 한 사람도 죽지 않았다. 아니, 머리카락
　　　하나 잃은 사람도 없다. 앉아라, 자 할 얘기가 더
　　　있다.

미란다 아빠 가끔 제게 제 신상에 대한 얘기를 시작하다가도 그만둬 버리시고, 물어 봐도 '가만 있거라, 아직은' 하시며 맺어 버리시곤 하셨어요.

프로스페로 이제는 때가 왔어. 지금 네게 이야기를 해 줄 테니, 자 순순히 잘 들어 보려무나.(그는 암석을 의자 삼아 앉는다. 미란다는 그 곁에 앉는다) 너 기억하니? 이 동굴에 오기 전의 일을. 아마 기억하지 못할 거다. 그때 너는 만 세 살도 채 안 됐으니까.

미란다 아니에요, 기억하고 있어요.

프로스페로 어떻게? 어떤 집이나, 사람으로? 그럼 뭐든지 좋으니 네가 기억하는 걸 얘기해 보렴.

미란다 까마득하고…… 게다가 꿈만 같아서 기억이 분명치는 않지만…… 여자가 너덧 명 제 곁에 있지 않았던가요?

프로스페로 그랬다. 더 많았다. 아가, 하지만 그 일이 네 기억에 남아 있다니 참 신통하구나. 그런 컴컴한 지난날의 어두운 구렁 속에서…… 그밖에 또 본 것은 없니? 이곳에 오기 전 일을 기억한다면, 어떻게 이곳에 왔는지도 기억할 것 같다만.

미란다 하지만 그건 생각나지 않아요.

프로스페로 십이 년 전엔……아가……십이 년 전엔 네 아빠 밀런의 공작으로 세도 있는 군주였단다.

미란다　그럼 아빠, 친아버지가 아니신가요?

프로스페로　네 어머닌 참으로 숙덕의 귀감이셨어. 네
　　어머니 말이 너는 내 딸이라더라. 네 아버지가 밀
　　런의 공작이고, 무남독녀인 너는 당당한 가문의 공
　　주였단다.

미란다　어머, 무슨 음모 때문에 이곳에 오게 되셨나
　　요?

프로스페로　그렇다, 그래. 아가…… 네 말마따나 음모
　　에 걸려 우리는 고국에서 쫓겨났지만 다행히도 이
　　섬에 표착을 했다.

미란다　아, 가슴이 찢어지는 것 같아요. 제가 아빠께
　　얼마나 많이 수고를 끼쳤을까! 그러나 기억은 없
　　어요. 그럼, 어서 그 다음 얘기를…….

프로스페로　네 삼촌인 내 아우 안토니오가…… 좀 들
　　어 봐라, 동생이 그렇게까지 배반을 하다니. 세상
　　에서 너 다음으로 내가 사랑하고, 국가의 통치를
　　위임 받은 동생이……. 그 당시 우리 공국(公國)은
　　여러 나라 중에서 으뜸가고, 수석 공작인 프로스페
　　로는 권세는 물론이요, 학문에 있어서도 비길 자가
　　없을 만큼 유명했지. 그러나 학문에만 열중하여 정
　　치는 아무에게나 맡기고 국사를 멀리하며 마술 연
　　구에 열중하여 정신이 없었지. 그랬더니 부실한 네

　　삼촌이…… 얘, 듣고 있니?

미란다　(바다로부터 눈을 돌리면서) 네, 열심히 듣고 있어
　　요.

프로스페로　소청을 허락하는 법이나 거절하는 법, 사
　　람들을 등용하는 법, 너무 출세한 자를 누르는 법
　　등을 충분히 납득하고 나니까 그 자는 내가 임명
　　해 놓은 자들을 경질하고, 즉 직책을 옮기거나 새
　　인물로 바꾸잖았겠니. 이렇게 관직과 권세의 열쇠
　　를 둘 다 쥐고 있어 온 나라 사람들은 그 자의 장
　　단에 맞출밖에. 결국 어느새 그 자는 프로스페로라
　　는 거목의 줄기를 덮는 담쟁이덩굴이 돼가지고 그
　　나무의 수액을 빨아먹더란 말이야. 얘 안 듣고 있
　　니?

미란다　(좀 민망스러운 표정으로) 오, 아니에요, 듣고 있
　　어요.

프로스페로　잘 들어 봐라…… 난 그렇게 세상 일을 등
　　한히 하고 들어박혀 버렸지. 한데 이렇게 은퇴만
　　안 했다면 좋았을 것을……. 세속의 눈에도 무엇보
　　다 좋게 보일 수양에 열중하고 있는 틈에 부실한
　　내 아우의 심정에는 사심(邪心)이 눈을 뜨고, 착한
　　부모가 나쁜 자식을 낳듯이 내 신임과는 정반대로
　　아우의 마음 속에 배반이 일어나게 됐어. 사실 내

신임은 한이 없고 신뢰는 끝이 없었지. 그렇게 컸던만큼 아우의 배신도 컸다. 아우는 이렇게 군주가 다 돼가지고 세입(歲入)뿐 아니라 내 권력 아래 제멋대로의 행동을 하잖았겠니. 거짓말이 심한 자는 결국 자기의 거짓말을 믿게 될 만큼 기억을 죄인으로 만드는 법인데, 이와 같이 표면상 모든 권한을 쥐고 내 대리로서 집권해 왔기 때문에 내 아우도 자기를 정말 공작같이 생각하게 되었지. 이래서 야심은 더욱 커지고. 얘 듣고 있니?

미란다 예, 이런 얘기는 귀머거리 귀에도 들릴 거예요.

프로스페로 그래서 실제로 하는 역할과 칭호 사이에 놓여 있는 간격을 없애기 위하여 그 자는 기어이 명실공히 밀런의 공작이 되려고 했다. 형 같은건 서재만 가지고도 영토로선 충분하고, 국사 같은 것은 도저히 볼 수 없다고 생각했던 모양이야. 그래 지배욕에 원체 목이 마른 나머지 나폴리 왕과 모의하여 연공(年貢)을 바친다, 신하의 예를 취한다, 자기 왕관을 나폴리 왕관에 예속시킨다는 등 한번도 무릎을 꿇어 본 일이 없는 밀런 공국을 말할 수 없이 비열한 치욕에 몰아넣잖았겠니.

미란다 어머나……

프로스페로 그자가 그때 맺은 계약 조건과 그 결과를 들어 봤으니까 그래도 내 친아우겠는지, 얘 말 좀 해봐라.

미란다 우리 할머니를 의심해선 죄스러워요. 착한 사람의 뱃속에서도 나쁜 자식들이 태어나잖아요.

프로스페로 그 계약 조건 말인데, 나와 원수인 그 나폴리 왕은 내 아우의 청을 듣고 일정한 신하의 예와, 액수는 알 수 없으나 일정한 조공을 받는 대신 즉시 나와 나의 처자를 공국으로부터 소탕하고 아름다운 밀런 공국을 그 모든 영예와 더불어 내 아우에게 주겠다고 약속했다. 그래서 반역심을 가진 군사가 동원되고 미리 정해 놓은 어느날 밤에 안토니오는 밀런의 성문을 열고 죽음 같은 암흑 속에서 하수인들을 시켜 나와 너를 성 밖으로 추방했다.

미란다 (눈물을 흘리면서) 아, 가엾어. 그때 어떻게 울었는지 생각이 안 나니까, 지금 다시 울어 보겠어요. 정말 눈에서 눈물을 짜내게 하는 애기예요.

프로스페로 좀더 들어 봐라. 그래야만 지금 우리가 당면한 일과 연결이 된다. 그렇지 않고서는 이야기가 연결되지 않는다.

미란다 그 당시 왜 우리를 죽이지 않았을까요?

프로스페로 잘 물었다, 아가. 으레 그런 의문이 생길
거다. 아가. 국민의 사랑이 워낙 강해서 차마 죽일
수는 없었지. 또한 감히 잔인하게 처리하지도 못하
고, 그저 자기네의 더러운 목적에다 고운 색칠을
했을 뿐이지.(말을 더듬다가 빠른 어조로) 결국 우리를
배에 태워서 바다로 데리고 나갔다. 그곳에는 배의
연장 하나 없는, 밧줄도, 돛도, 돛대도 없는, 다
썩은 배 한 척이 대기해 있는데 쥐들조차도 벌써
달아나고 없더구나. 여기서 나와 너는 이 배로 갈
아탔지. 소리쳐 물어 봐도 바다는 뒤끓을 뿐, 한숨
을 쉬어 봐도 바람은 동정의 탄식을 되풀이할 뿐
오히려 야속하기만 하더구나.

미란다 아마 그때 저는 정말 아빠의 걱정거리였을 거
야.

프로스페로 아니다, 너는 나를 구해 준 천사다. 하늘
의 힘을 지니고 빵긋 웃는 너를 보면 짜릿하게 쏟
아지는 눈물로 해면을 덮고, 슬픈 김에 신음을 하
면서도…… 참을 용기가 생기고, 어떤 역경이 닥치
더라도 이겨낼 자신이 생기더구나.

미란다 한데 어떻게 육지에 닿게 되었어요?

프로스페로 하느님이 도와 주셨다. 다소의 식료와 음
료수도 있었다. 이건 그때의 호송역을 맡은 나폴리

의 신사 곤잘로의 친절한 마음 덕택인데…… 그
사람이 의류니, 가구니, 일용품 같은 것을 우리에
게 남겨 놓아주어서 후에 퍽 긴요했다. 그뿐 아니
라 그분은 마음씨도 곱단다. 내가 책을 좋아한다는
사실을 알고 내 장서 중에서 나로선 공국보다 더
소중한 몇 권의 책도 그가 준 것이란다.

미란다 그분을 한번 만나 봤으면 좋겠어요.

프로스페로 이젠 일어날까. 아니, 그대로 앉아서 해상
에서 일어난 고난의 마지막 얘기를 들어 봐라.(망
토를 다시 입는다) 이 섬에 와서 나는 네 교사로서
최선을 다해 널 교육해 왔다. 공주 아가씨들은 곧
잘 헛되게 시간을 보내고 교사도 나같이 정성을
들이지는 않는 법이다.

미란다 하느님, 우리 아빠께 감사해 주세요. (아버지에
게 키스를 한다) 그럼 이제 저…… 아직도 가슴이 울
렁거려요. 그렇게 폭풍을 일으켜 놓으신 이유를 얘
기해 주시겠어요?

프로스페로 그럼 이 이야기만 해 주겠다. 참으로 기구
한 운명으로 자비의 여신이…… 이번에 내편이 되
어 가지고…… 나의 원수들을 이 섬가로 데리고
오잖았겠니. 그런데 점을 쳐보니 내 운명의 결정은
어떤 별에 걸려 있는데 만약에 그 별의 힘을 받아

들이지 않고 등한히 하면 내 운세는 이제부터 기
울어만 간다. 이제 그만 물어라. 네가 졸린가 보구
나.(두 손으로 딸의 얼굴을 가리자 미란다는 눈을 감고 잠
에 빠져든다) 잘 잔다, 그대로 자라. 잘 수밖에 없을
게다. (잔디 위에 마의 원을 그리면서) 나오너라, 에이
리엘아…… (단장을 쳐들면서) 어서 나오너라!

에이리엘 공중에 나타난다.

에이리엘　안녕하세요. 주인님, 선생님, 안녕하세요.
뭣이고 분부하세요. 이렇게 와서 대령하고 있으니
까요. 하늘을 날고, 물 속을 헤엄치고, 불 속에 뛰
어들고…… 뭉게구름을 타고……(내려와서 인사를 하
면서) 뭐든지 선생님 명령이라면 이 에이리엘은 있
는 기술을 다하여 복종할 테니까요.
프로스페로　정령아, 그래 폭풍의 건은 내 명령대로 실
행했니?
에이리엘　예, 하나하나 분부대로 실행했어요. 왕의 배
에 올라타서 뱃머리에 번뜩, 중갑판에 번뜩, 후갑
판에 번뜩, 또는 선실마다 나타나서 무섭게 불을
지르며 가끔 가다 분열하여 이곳저곳에서 타오르
고, 혹은 중돛대와 돛 가름대와 앞 이울 돛대에서

따로따로 불 타다가는 합쳐서 하나가 되곤 했어요.
무서운 천둥소리의 선구자인 조우브신의 번갯불로
날쌔기로 치면 어림없었지요. 그렇게 번뜩이며 드
르렁대는 뇌성 벽력이 바다의 신을 포위하며 용감
한 파도를 떨게 하고 그 바람에 바다의 신의 저 무
서운 창(槍)까지 흔들린 것 같아요.

프로스페로 잘했다, 정령아. 그만한 고통 속에선 아무
리 착실하고 침착한 자라도 실성하고 말 것 아니
냐?

에이리엘 미치광이처럼 열에 들떠 절망적인 행동을 취
하지 않는 놈은 한 사람도 없었지요. 선원 이외에
는 다들 거품 이는 바닷물 속에 뛰어들고, 온통 불
이 붙어있는 배를 포기했어요. 그때 왕자 퍼디네인
드는 머리카락을 곤두세워 가지고, 제일 먼저 바다
속으로 뛰어들면서 소리를 치더군요. "지옥은 텅
비고, 악마들은 죄다 이곳에 와 있구나"라구요.

프로스페로 잘했다. 그래야 내 정령이지. 한데 이 섬
근처에서 일어난 일이 아니었니?

에이리엘 예, 바로 이 근처였어요.

프로스페로 (걱정스러운 어조로) 하지만 다들 무사할
까?

에이리엘 머리카락 한 올도 없어지지 않았고, 물 위에

몸을 받들던 의복은 오점 하나 남기지 않았을 뿐
더러 오히려 그 전보다 더 산뜻합니다. 그리고 명
령하신 대로 저는 그분네들을 여러 패로 나누어서
이 섬 여기저기에 분산해 놓았어요. 그리고 왕자만
일부러 따로 상륙시켰어요. 그는 비탄에 빠져 한숨
을 쉬면서 섬 구석진 곳에 팔짱을 끼고 앉아 있습
니다.

프로스페로   왕이 탔던 배와 선원들은 어떻게 처리했느
냐? 또 다른 배들은 어떻게 했고?

에이리엘   왕이 탔던 배는 무사히 항구에 들어와 있어
요. 글쎄 저 깊은 구석, 언젠가 밤중에 저를 깨우
시고, 항상 폭풍만 부는 마의 섬 버뮤다 군도에 가
서 이슬을 가져오라고 명령하시던 그 구석에 배를
감춰 놨어요. 그리고 선원들은 죄다 갑판 밑에 감
금해 놓았는데 몹시 지쳐 있는데다가 마력에 걸려
서 그냥 잠이 들어 있었습니다. 그리고 일단 분산
된 다른 선박들은 죄다 다시 집결해서 나폴리를
향하여 지중해 해상을 슬픔 속에 돌아가는 중입니
다. 그 사람들은 왕의 배는 난파하고 왕이 익사한
것을 목격한 것처럼 착각하고 있습니다.

프로스페로   애, 에이리엘, 네 사명은 정확히 이행되었
구나. 그러나 할 일이 더 있다. 대체 지금은 몇 시

쯤이냐?

에이리엘 정오가 지났습니다.

프로스페로 (태양을 쳐다보면서) 두 시간 지났나 보다.
지금부터 여섯 시까지를 우리는 가장 소중하게 써
야 한다.

에이리엘 (반항조로) 아직 일이 남았나요? 일을 시키려
면 약속한 것을 잊지 말아 주십시오. 아직도 이행
되지 않고 있는 그 약속 말이에요.

프로스페로 불만이냐? 네 요구는 뭐지?

에이리엘 제 해방 말이에요.

프로스페로 기한도 되기 전에? 듣기 싫다! (단장을 쳐
든다)

에이리엘 저어, 잊지 말아 주세요. 전 보람 있게 시중
을 들어 거짓말도 안 하고, 실수도 안 저지르고,
불평 불만도 하지 않았어요. 선생님께선 제 해방을
일 년 단축해 주시겠다잖았어요.

프로스페로 그래 잊었느냐? 내가 널 어떤 고문에서
구해 주었는지를.

에이리엘 안 잊었어요.

프로스페로 아냐, 넌 잊었어. 그래서 깊은 바다 밑의
진흙을 밟고, 살을 에는 듯한 북풍을 타고, 서리에
바삭바삭해진 땅 속에서 일을 하는 정도를 대단한

봉사같이 생각하고 있는 거야.

에이리엘 아니에요.

프로스페로 거짓말 마라, 망할 것 같으니. 그래 잊어
　　　버렸단 말이냐? 노령과 악의 때문에 몸뚱이가 테
　　　같이 휜 저 악질의 마녀 시코락스를? 그래 감쪽같
　　　이 잊어버렸단 말이냐?

에이리엘 잊지 않았어요.

프로스페로 아냐, 넌 잊어버렸어. 그럼 그 마녀가 어
　　　디서 출생했는지, 어디 말해 봐.

에이리엘 예, 아르지어요.

프로스페로 음, 맞았어. 내가 한 달에 한 번씩 네게
　　　신상 얘기를 해주지 않았으면, 넌 잊어버렸을 거라
　　　니까. 그 빌어먹을 마녀 시코락스는 갖가지 흉계와
　　　듣기도 무서운 마술의 죄목 때문에 너도 아다시피
　　　아르지어에서 쫓겨나지 않았는가. 그러나 한 가지
　　　공로를 생각하여 목숨만은 무사했어. 안 그런가?

에이리엘 예, 그렇습니다.

프로스페로 눈가가 파래진 그 마녀는 임신한 채 선원
　　　들에게 호송되어 와서 이 섬에 버려졌어. 네 자신
　　　의 말마따나 그때 넌 그 마녀의 종이었으나, 원체
　　　가냘픈 정령이라서 그녀의 치사스럽고도 가증할
　　　명령엔 질겁하여 그 중대한 명령에 거역하니까 그

녀는 지독한 분풀이로 너보다도 힘이 센 하인들의
힘을 빌려 소나무를 쪼개서 그 속에다 널 끼워 놓
았다. 그래서 넌 그 속에 끼인 채 십이 년을 고생
하잖았는가. 그 동안 그녀는 죽고 넌 방치되어 있
었는데, 네 신음소리는 물방아소리같이 줄곧 새어
나왔다. 그 당시 이 섬에는 그녀가 낳아놓은 자식
으로 얼룩진 괴물 한 놈밖에 사람이라곤 그림자도
볼 수 없었다.

에이리엘 마녀의 아들 캘리밴이었지요.

프로스페로 그렇다, 지금 내가 부리고 있는 캘리밴 말
이다. 내가 왔을 때 네가 어떤 고민에 처해 있었는
지는 네가 가장 잘 알고 있잖니. 네 신음소리는 늑
대조차 겁을 내서 짖게 되고, 늘 성나 있는 곰의
가슴속까지 침투했어. 그것은 지옥에 떨어진 자나
받는 고문이고, 시코락스 자신도 풀어놓을 순 없었
다. 그때 마침 내가 와서 신음소리를 알아 채고 내
마법의 힘으로 소나무를 베어서 널 끌어낸 것이
아닌가.

에이리엘 고맙습니다. 선생님.

프로스페로 다시 불평만 해봐라. 떡갈나무를 쪼개서
매듭투성이인 그 속에 처넣고, 또 이년을 울부짖게
해놓을 테니까.

에이리엘 용서해 주세요, 선생님. 이제는 명령에 복종
　　하고, 정령으로서의 임무를 순순히 해내겠습니다.

프로스페로 그래야지, 그렇다면 이틀 후엔 해방시켜
　　주마.

에이리엘 아이 좋아, 선생님. 무슨 일을 할까요? 말씀
　　해 주세요. 무슨 일을 할까요?

프로스페로 그럼 가서 바다의 요정으로 둔갑해 오너
　　라. 너와 나밖에는 아무에게도 보이지 않도록 해
　　라. 자, 어서 요정이 되어서 오너라. 자…… 어서,
　　빨리(에이리엘은 사라진다. 프로스페로가 미란다를 들여다
　　본다) 눈을 떠라, 아가 눈을 떠. 잘 잤겠다, 그만
　　일어나라.

미란다 하도 이야기가 이상해서 졸고 말았어요.

프로스페로 이젠 정신을 차리고……. 자, 캘리밴한테
　　가보자. 그 녀석은 순순히 우리 말을 듣지 않는구
　　나.(두 사람은 바위 구멍으로 향한다)

미란다 그런 것은 보기도 싫어요.

프로스페로 하긴 그렇지만, 지금 형편으론 아쉬운 존
　　재다. 불도 지피고, 땔감도 날라 오고, 우리에게
　　유익한 일을 하고 있잖니. (부른다) 야 이놈! 캘리
　　밴아! 흙 같은 놈아, 대답 안 하니?

캘리밴 (안에서) 장작은 안에 많이 있어요.

프로스페로 어서 나와, 또 시킬 일이 있으니까. 나오라니까? 빨리 거북이 같은 놈아, 아직 멀었냐?

에이리엘이 바다의 요정 모습으로 다시 등장.

프로스페로 음, 좋다, 좋아. 우리 예쁜 에이리엘아, 이리 와서 들어 봐. (귀에 대고 무슨 말을 소곤거린다)

에이리엘 그렇게 하겠습니다. (사라진다)

프로스페로 (캘리밴에게) 요 독약 같은 놈아. 악마와 흉악한 암컷 사이에서 나온 놈아, 이리 나와.

캘리밴이 무엇을 야금야금 씹으면서 구멍에서 나온다.

캘리밴 우리 엄마가 썩은 늪에서 까마귀 깃으로 쓸어 모은 독 이슬아, 저 두 사람 위에 떨어져라! 서풍아, 불어와서 저 사람들 전신에 물두드러기를 일으켜라!

프로스페로 그런 욕을 하면, 이놈, 오늘밤 네 손발에다 쥐를 내려 놓고, 옆구리를 쑤시게 해서 숨도 못 쉬게 해줄 테다. 잡귀들이 한밤중 활개치고 다니는 동안 죄다 네놈한테 덤벼서 전신을 벌집같이 꼬집고 벌한테 쏘인 것보다 더 아프게 해줄 테다.

캘리밴 (으르렁거리며) 밥을 먹어야죠. 이 섬은 우리 엄

마가 내게 주셨는데, 당신이 **빼앗아** 갔어. 당신이
처음 와선, 날 쓰다듬으며 소중히 하고…… 딸기를
넣은 물도 줬어. 그리고 낮과 밤에 번쩍이는 것 중
큰 놈은 뭐고, 작은 놈은 뭔지도 가르쳐 주었어.
그래서 나도 당신을 좋아하고, 섬의 물건들을 죄다
구경시켜 줬어. 맑은 샘도, 소금물 구멍도, 황무지
와 기름진 땅도……. 난 참 바보짓을 했지. 우리
엄마의 부적이란 부적은 두꺼비고, 딱정벌레고, 박
쥐고 죄다 당신 몸에 내립시사! 지금은 당신의 유
일한 부하지만, 나도 원래는 독립한 임금이었어.
그런데 당신은 날…… 단단한 바위 속에 집어넣고,
이 섬을 약탈해 갔어.

프로스페로　이놈, 거짓말쟁이 같으니. 친절은 소용없
고, 매로만 움직이는 놈 같으니. 더러운 네놈이지
만 인정을 가지고 대하여 굴 속에 우리와 같이 자
게 했더니. 마침내 딸애를 침범하려고까지 한 놈
같으니.

캘리밴　하하! 참 아까워 죽겠네! 당신만 없었으면, 이
섬엔 캘리밴이 우글대게 됐을 것 아닌가.

미란다　아 징글맞아라. 넌 좋은 일은 조금도 마음에
없고 나쁜 짓에만 금세 물드는구나. 내가 널 불쌍
히 생각하여 고생을 하며 말도 가르쳐 주고, 늘 이

것저것 가르쳐 주잖았니. 넌…… 야만종 같으니!
네 말의 뜻도 모르고 하등동물처럼 그저 중얼대기
만 하던 무렵, 말을 가르쳐서 의미를 통하게 해주
잖았니. 그러나 하도 천성이 더러워서 말을 배웠어
도 너하고는 선량한 사람이 같이 있을 수 없단 말
이야. 그러니까 네가 이 바위 속에 갇히는 것은 마
땅하단 말이야. 네 죄는 감옥에 집어넣어도 시원찮
을 정도란 말이야.

캘리밴 하긴 네가 나에게 말을 가르쳐 주었지. 그러나
얻은 것이라곤, 욕을 알게 되었을 뿐이다. 내게 말
을 가르쳐 준 대가로 빨간 염병에나 걸리려무나.

프로스페로 마녀의 씨알머리 같으니, 저리 가……. 어
서 땔감이나 가져와. 네게 이로우려거든 빨랑 해,
또 시킬 일이 있으니. 어깨를 움츠리는 것 좀 보
게, 요놈이? 네가 내 명령을 무시하거나, 마지못
해서 하거나 하면, 손발에 쥐를 내려놓고 뼈다귀가
오돌오돌하여 비명을 지르고 짐승들조차 그 소리
에 벌벌 떨게 해놓을 테다.

캘리밴 (움츠리면서) 제발 용서해 주십쇼…… (혼자서 중
얼중얼) 이젠 복종해야겠구먼. 저분의 마술은 하도
힘이 세서 우리 엄마의 수호신인 세티보스까지도
휘어잡아 꼼짝못하게 해놓는다니까.

프로스페로 음, 그래야지, 가봐? (캘리밴은 살금살금 물러간다. 프로스페로와 미란다는 동굴 안쪽으로 좀 물러선다)

음악이 들린다. 눈에 보이지 않는 에이리엘이 음악을 연주하고 노래를 부르면서 온다. 퍼디네인드가 뒤를 따라 절벽길을 내려온다.

에이리엘의 노래

노랑빛 모래사장으로 와서
손을 맞잡아라.
절을 하고 키스를 하면……
파도는 잔다
멋지게 춤을 춰라 여기저기서
요정들아 불러라, 후렴을
들어라, 들어!
윙윙! (후렴의 장단)
감시하는, 개가 짖는다
윙윙! (후렴의 장단)
들어라 들어
점잔 빼는 수탉 울음 소리를……
꼬끼오! (후렴의 장단)

퍼디네인드   대체 이 음악은 어디서 들려 오는 걸? 공
중에서? 땅에서? 이젠 그쳤네. 아마 이 섬의 어떤
신에게 올리는 음악인가 보지. 바닷가에 앉아서 부
왕(父王)의 난파를 한탄하고 있노라니까…… 음악
이 바다로부터 살그머니 들려 와선 그 감미로운
곡조를 가지고 바다의 분노와 나의 고민을 양쪽
다 달래 주었지. 그래서 그 음악을 따라서…… 아
니 음악에 끌려서 이렇게 여기까지 왔는데, 그만
그쳐 버리네…… 아니 또 들려 오는구먼.

에이리엘의 노래

아버지는 다섯 길 바닷물 속에
뼈는 산호로 변하고
눈은 진주가 되어 있도다
몸뚱이는 죄다
바닷물에
신기한 보물로 변하고……
바다의 요정들은 시시로 조종을 울린다
딩동 (후렴의 장단)
들어라, 자 저 조종 소리를……
딩 동 댕.

퍼디네인드 저 노래는 익사하신 우리 아버지를 추도하
는 노래로구나. 이건 인간의 힘도 아니오, 저 음악
도 지상의 음악은 아니다. 이젠 위에서 들려 오는
구나.

프로스페로 (미란다를 동굴에서 데리고 나온다) 아가, 네
눈의 술이 달린 장막을 걷어올리고, 저기 뭐가 보
이는지 말해 보아라.

미란다 저게 뭐예요? 정령일까? 어머나, 사방을 두리
번거리네요. 오, 정말 훌륭한 모습이네요. 하지만
정령일 거예요.

프로스페로 안 그렇다. 저것도 음식을 먹고, 잠도 자
고, 우리와 똑같은 감각을 가지고 있다. 네 눈에
보이는 저 난파당한 사람들 중의 하나란다. 미를
좀먹는 벌레인 비탄 때문에 좀 상해 있기는 하지
만…… 저래봬도 미남이란다. 동행을 잃고 지금 찾
아다니는 중이란다.

미란다 (자기도 모르게 앞으로 나오면서) 제가 보기엔 신
이요. 전 속세의 사람치고 저렇게 훌륭한 분을 보
지 못했어요.

프로스페로 (뒤로 물러서서 방백) 음, 잘돼가는가 보
군, 내 계획대로! (정령한테) 애, 정령아, 잘했구나,
잘했어. 그 상으로 이틀 이내엔 해방시켜 주마.

퍼디네인드 (미란다를 눈앞에서 발견하고) 정말 이건 아까
그 음악에 바쳐진 여신인가 보다…… 애원합니다.
부디 가르쳐 주십시오. 당신은 이 섬에 사시는 분
입니까, 그리고 내가 제일 먼저 알고 싶은 것은,
묻긴 제일 나중이 되었습니다만…… 신기한 당신
이시여! 당신은 하계의 처녀십니까?

미란다 신기한 제가 아니에요. 그저 보통 처녀예요.

퍼디네인드 우리 나라 말? 아…… 이 말이 사용되는
나라에서라면, 나는 이 말을 쓰는 사람들 중에서
최고의 지체를 가진 사람입니다.

프로스페로 (앞으로 나오면서) 뭐? 최고의 지체? 나폴
리 왕이 들으면 큰 야단 나라고?

퍼디네인드 이렇게 단지 혼자 남았는데, 나폴리 왕의
소문을 듣다니, 참 신기합니다. 왕은 내 말을 듣고
계십니다. 그것은 나로선 슬픔입니다. 이 사람이
바로 나폴리 왕입니다. 이 눈은 부왕의 난파를 목
격하고, 눈물이 마를 겨를도 없습니다.

미란다 어머나 가엾어라!

퍼디네인드 예, 사실입니다. 그리고 왕의 고관들도 죄
다 운명을 같이했습니다……, 밀런 공작 부인도 그
중의 한 사람입니다.

프로스페로 (방백) 이 밀런 공작과 훌륭한 딸은 저자의

　　인식을 시정시켜 줄 수 있지만, 시기가 올 때까지
　　좀 더 기다리자. 첫눈에 둘이 서로 눈짓을 하겠지.
　　예쁜 에이리엘아, 그 상으로 널 해방시켜 주겠다.
　　(좀 엄하게 퍼디네인드에게) 여보, 한 마디 할 얘기가
　　있소. 당신의 말에 좀 잘못이 있지 않소? 얘기 좀
　　해보우.

미란다 　아빠가 왜 이렇게 쌀쌀하게 말씀하실까? 저분
　　은 내가 만난 세번째 남자고. 그리운 분으론 처음
　　인데, 아빠도 불쌍히 여기셔서 나 같은 마음이 돼
　　주셨으면 좋겠는데.

퍼디네인드 　오, 아직 처녀시고, 아무에게도 애정을 주
　　고 있지 않으시다면, 나는 당신을 나폴리의 왕비로
　　삼겠습니다.

프로스페로 　가만있어, 한 마디 더 할 얘기가 있어…
　　….(방백) 둘이 서로 정신이 없구먼. 하지만 이대로
　　쉽게 진행되어선 안 되지. 너무 손쉽게 얻은 물건
　　은 소홀히 할 염려가 있으니까. (퍼디네인드에게) 좀
　　더 할 얘기가 있소. 내 얘기를 잘 들어보란 말이
　　오. 당신은 이름을 사칭하고 간첩으로서 이 섬에
　　침입하여, 섬의 주인인 나한테서 섬을 약탈하려고
　　하는 것이 아니오?

퍼디네인드 　아닙니다. 절대로 그렇잖습니다.

미란다 저렇게 훌륭한 몸 속에 나쁜 것이 살 리가는
       없어요. 악마가 저렇게 좋은 집에 살고 있으면 선
       인들도 그 속에 살고 싶어 경쟁할 거예요.

프로스페로 (퍼디네인드에게 명령조로) 나를 따라오우 …
       …. (미란다에게) 저자의 변명은 그만둬, 저자는 역
       적이니까. (퍼디네인드에게) 이리 와, 네 목과 두 발
       에 고랑을 채울 테다. 마른 뿌리와 도토리 알맹이
       의 요람이었던 껍질을 먹일 테다, 이리 따라와.

퍼디네인드 그런 대우는 받기 싫다. 내 상대방이 더
       우세하다면 몰라도. (칼을 빼든다. 그러나 프로스페로의
       마력에 눌려 꼼짝못한다)

미란다 어머 아빠, 성급히 그러지 마세요. 이분은 훌
       륭하시고 비겁한 분은 아니시잖아요.

프로스페로 아니 뭐, 네가 나를 가르쳐! (퍼디네인드에
       게) 그 칼을 거두어라, 역적 같으니! (시늉은 하지만
       치지는 못 한다) 양심이 부끄러울 거다. 자, 그런 태
       세는 그만둬. 이 단장으로 무장을 해제시키고, 칼
       을 떨어뜨려 버릴 테니까. (퍼디네인드의 칼이 그 손
       에서 떨어 진다)

미란다 (아버지의 망토를 잡아당기면서) 아버지, 좀.

프로스페로 비켜라. 내 옷에 매달리지 말아라.

미란다 예, 좀 용서해 주세요. 제가 보증을 할 테니까

요.

프로스페로 시끄럽다. 이제 더 무슨 말만 해봐라, 너를 미워하지는 않더라도, 혼을 내 주겠다. 뭐냐, 사기꾼을 변호하겠단 말이냐! (미란다는 훌쩍훌쩍 울기 시작한다) 조용히 해라. 넌 저 이상의 남자가 없는 줄 알지만 저자와 캘리밴밖에 보지 못했기 때문이다. 바보 같으니, 대개의 남자와 비교하면 저자는 캘리밴이나 같고, 저자와 비교하면 대개의 남자들은 다 천사와 같단 말이다.

미란다 그렇다면 제 욕심이 너무 겸손한가 봐요. 전 저이보다 더 훌륭한 분을 보고 싶은 욕심이 없어요.

프로스페로 (퍼디네인드에게) 자, 항복해. 근력은 아이 시절로 되돌아가고, 이젠 아무 기력도 없잖은가.

퍼디네인드 정말 그렇구면. 내 마음은 꿈 속처럼 온통 묶여 있네. 아버지의 죽음도, 지금의 무기력함도, 동료들의 난파도, 대항하지 못할 이 노인의 위협도 내게는 대단치 않아. 감옥 창 사이로 매일 한 번씩 이 처녀를 볼 수만 있다면 말이야. 이곳 이외의 세계는 자유인들보고 차지하라지. 그런 조건이면 감옥도 내겐 넓고넓은 천지니까.

프로스페로 잘 진행되어 가는구나. (퍼디네인드에게) 이

리 따라와. (에이리엘에게) 참 수고했구나, 예쁜 에
이리엘아……. (퍼디네인드에게) 날 따라와. (에이리
엘에게) 얘, 또 한 가지 네게 부탁해야겠다.

미란다 안심하세요, 저희 아버진 말씨와는 달리 실상
은 좋은 분이세요. 보통 때는 아까 같지 않으세요.

프로스페로 (에이리엘에게) 머지않아 산정의 바람처럼
널 자유롭게 해줄 테니까, 그 대신 꼭 명령대로 죄
다 처리해야 한다.

에이리엘 한 마디도 어기지 않겠습니다.

프로스페로 (퍼디네인드에게) 이리 따라와. (미란다에
게) 이자의 변호는 하지 마라. (세 사람 동굴로 들어
간다)

제 2 막

제 1 장

섬의 다른 곳, 숲 사이의 빈터.

알론조 왕은 잔디 위에 누워 있다. 왕의 얼굴은 풀에 파묻혀 있다. 세바스티안과 안토니오는 좀 떨어진 곳에서 둘이서 조롱조로 무엇인가를 소곤대고 있다.

곤잘로 (왕에게) 마음을 즐겁게 가지십시오. 즐겁게 가지실 이유가 있습니다. 저희들도 물론이구요. 우리가 생명을 건진 것은 우리가 당한 불행보다 훨씬 더 행운입니다. 우리가 당한 비운은 세상에 흔히 있는 일로서…… 매일 어떤 선원의 아내나, 어떤 상선의 선장이나 화물주가 우리와 같은 불행을 당하고 있습니다. 그러나 우리 같은 기적은…… 우리 같이 목숨을 건진 얘기는…… 백만 명 중에 몇 사람이나 있을까요. 그러니 부디 마음을 현명하게 가지시고, 우리의 슬픔과 기쁨을 저울에 달아 비교해 보십시오.

알론조 (돌아다보지도 않고) 제발 그만둬, 듣기 싫어!

세바스티안 왕은 위로를 식은 죽 취급하시는군요.

안토니오 그러나 위로를 그만둘 상대방은 아닐걸요.

세바스티안 저것 좀 보시오. 지금 지혜의 시계에 밥을
　　　주고 있잖소. 좀 있으면 칠 겁니다.

곤잘로 (왕에게) 전하!

세바스티안 하나를 쳤어. 세어 봅시다.

곤잘로 닥쳐 오늘 슬픔을 죄다 맞아들이면, 맞아들인
　　　사람한테만 들어옵니다.

세바스티안 (큰 소리로) 금화가?

곤잘로 (돌아보며) 비탄(悲嘆)인가요? 그 말씀이 그럴
　　　듯합니다. 원래의 생각은 어떻든간에요.

세바스티안 아니, 이건 대감의 해석이 내가 생각한 것
　　　보다 더 그럴 듯합니다그려.

곤잘로 (왕에게) 그러니까, 전하…….

안토니오 (방백) 제기랄, 짓궂은 잔소리구먼그래.

알론조 이제 그만두라니까, 제발.

곤잘로 예, 그만두겠습니다. 하지만 전하…….

세바스티안 저자가 어디 입을 가만두겠는가.

안토니오 저자와 에이드리언 중 누가 먼저 꼬끼오 하
　　　기 시작하는지 우리 내기를 해볼까요?

세바스티안 늙은 암탉이 먼저겠조.

안토니오 병아리 쪽이 먼절 거요.

세바스티안 그럼 좋소. 내기는 뭘로 할까요?

안토니오 이긴 사람이 한바탕 웃기로 합시다.

세바스티안 그렇게 하죠!

에이드리언 (왕에게) 이 섬은 무인도 같습니다만.

안토니오 하하핫!

세바스티안 그럼 내기의 빚은 청산됐소.

에이드리언 사람도 살 수 없고, 접근할 수도 없는 것
    같습니다만.

세바스티안 그래도……

에이드리언 그래도…….

안토니오 물론 그 말이 나와야지.

에이드리언 틀림없이 공기는 미묘하고, 부드럽고, 아
    름답고, 정숙한 토지 같습니다.

안토니오 '정숙'은 아름다운 계집애였어.

세바스티안 암. 그리고 부드럽지, 저자의 유식한 말마
    따나.

에이드리언 이곳은 바람도 상쾌하게 불고 있습니다.

세바스티안 마치 허파나 있는 것같이. 그것도 썩은 허
    파가.

안토니오 또는 늪의 향수 냄새 같다고 할까요.

곤잘로 이곳엔 생활에 필요한 것이 죄다 구비돼 있습
    니다.

안토니오 사실이야, 생계 수단 이외에는.

세바스티안 그런 편의는 전혀, 아니 거의 없구먼.

곤잘로 풀은 싱싱하게 무성해 있습니다. 게다가 참 푸르잖습니까.

안토니오 지면은 황토빛인걸.

세바스티안 한 점만 푸르구먼.

안토니오 그러니까 전혀 틀린 건 아니군.

세바스티안 음, 하지만 진실은 전혀 틀려 먹었지.

곤잘로 그러니 기적은…… 사실 믿지 못할 정도입니다만…….

세바스티안 기적이란 것은 대개 그런 거야.

곤잘로 우리의 의복은 바닷물에 흠뻑 젖으면서도 오히려 싱싱하게 윤이 흐르고, 소금물에 더러워지기는커녕 다시 염색한 것 같습니다.

안토니오 저자의 어떤 호주머니가 입만 있다면, 거짓말 말라고 추궁하지 않을까?

세바스티안 아니, 혹은 저자의 거짓말을 알고도 쓱쩍 호주머니 속에 감춰 두지나 않을까?

곤잘로 즉 우리의 의복은 전하의 클레러벨 공주님과 튜니스 왕의 결혼식 날, 아프리카에서 처음 입었던 때나 다름없이 새옷 같습니다.

세바스티안 그건 행복한 결혼이었어. 그래서 우리의 귀로가 이렇게 행복한 거야.

에이드리언 튜니스의 역대 왕은 이번같이 훌륭한 왕비
　　　를 한 번도 맞아 보지 못했습니다.

곤잘로 미망인 다이도 이후로는 한 번도 맞아 보지 못
　　　했습니다.

안토니오 미망인? 망할 녀석 같으니, 어쩌자고 그 미
　　　망인을 들추어내는 거야? 아, 미망인 다이도라고!

세바스티안 뭐, '홀아비 이니어스'마저 들추어내면 어
　　　떡하려고? 제기랄 쓸데없는 소리를 하는 자로군.

에이드리언 미망인 다이도라고요? 그렇게 말씀하심
　　　좀 생각나는 일이 있습니다. 다이도는 카르타고의
　　　여왕이지 튜니스의 왕비는 아니었소.

곤잘로 그렇소, 지금의 튜니스가 옛날의 카르타고였
　　　소.

안토니오 이자의 말은 성벽을 지었다는 저 신기한 가
　　　야금 보다 더 신기한걸.

세바스티안 이자는 성벽뿐 아니라 집까지 지어놓았구
　　　먼.

안토니오 다음엔 어떤 불가능한 일을 손쉽게 이룩해
　　　놓을는지?

세바스티안 어쩌면 이 섬을 호주머니 속에 넣어 가지
　　　고 집에 돌아가서 능금처럼 아들에게 선사하지 않
　　　을까?

안토니오 그리고 그 씨를 바다에 심어서 새끼를 치게
　　　하지 않을까.

곤잘로 전하!

안토니오 음, 마침 좋은 시기다.

곤잘로 전하! 이제는 왕비가 되신 공주님의 결혼식날,
　　　튜니스에서 입었던 옷이 지금도 이렇게 새옷 같다
　　　는 얘기를 하고 있었습니다.

안토니오 튜니스로서는 더할 나위 없는 왕비지.

세바스티안 제발 미망인 다이도 얘기는 꺼내지 말아
　　　줘.

안토니오 오, 미망인 다이도! 음, 미망인 다이도!

곤잘로 전하! 이 조끼는 처음 입었던 날이나 다름없이
　　　새옷 같잖습니까? 어떤 점에선 말입니다.

안토니오 어떤 점에서라고? 거 잘도 생각해냈군.

곤잘로 공주님의 결혼식날 입었을 때나 말입니다.

알론조 (일어나 앉으며) 자네는 억지로 그 말을 내 귀에
　　　다져 넣었지만, 난 듣기 싫어……. 딸애를 그리로
　　　여의지 않았으면 좋았을 것을…… 귀로에 자식을
　　　잃잖았는가. 그리고 나로선 딸애도 잃었으니 마찬
　　　가지가 아닌가. 이탈리아에서 그렇게 멀리 떨어진
　　　곳이니 어디 만날 기회인들 있으려고. 오, 나폴리
　　　와 밀런을 상속받을 내 자식이 이름도 모를 어떤

바닷고기의 밥이 되었을까.

곤잘로 전하, 왕자님은 살아 계실 것입니다. 제 눈으로 목격했습니다. 분명, 왕자님은 파도를 헤치고 파도 등 위에 올라타 계셨습니다. 그리고…… 짓궂은 파도를 헤쳐 디디시고…… 집채같이 밀려오는 노도를 가슴으로 받아 헤치며 머리는 맹렬한 물결 위에 용감하게 쳐드시고…… 늠름한 두 팔로 세차게 언덕을 향하여 헤엄쳐 가셨습니다. 언덕은 물결에 파인 물가 위에 허리를 굽혀 절을 하며, 왕자님을 구조할 것같이 보였습니다. 왕자님은 필시 무사히 상륙해 계실 것입니다.

알론조 아냐, 아냐, 익사했을 거야.

세바스티안 (큰 소리로) 전하, 이번 대손실은 자업 자득이십니다. 글쎄 공주를 유럽으로 출가시키지 않고, 아프리카에다 내버리셨으니까, 공주는 적어도 전하의 눈에선 추방당한 셈이지요. 따라서 전하의 눈은 비탄의 눈물을 흘리실 까닭이 있으십니다.

알론조 제발, 아무 말 말아 줘.

세바스티안 그러지 마시도록 저희들은 무릎을 꿇고, 또는 다른 방법으로 애원했습니다. 공주 자신은 싫은 마음과 효성을 저울에 달고 어느 쪽이 무거운지 단정을 내리지 못하고 있었지요. 왕자님은 영영

　　없어진 것 같습니다. 밀런과 나폴리는 이번 일로
　　인해 우리가 데리고 갔던 남자의 수효만큼 과부의
　　수가 더 많아지게 됐습니다. 이건 전하 자신의 과
　　오 때문입니다.

알론조　나의 가장 큰 손실 또한 그렇소.

곤잘로　세바스티안 대감, 대감 말씀은 진실이지만 좀
　　예절에 벗어나신 것 같고 더구나 지금은 말씀하실
　　시기가 아닙니다. 고약을 붙여 드려야 할 종기를
　　오히려 긁어 놓는 격입니다.

세바스티안　사실 그렇지.

안토니오　외과 의사를 뺨칠 정도로.

곤잘로　용안이 흐리시면, 전하, 저희들의 마음도 흐립
　　니다.

세바스티안　흐리다고?

안토니오　대단히 흐리고말고.

곤잘로　제가 이 섬을 개척한다고 치면, 전하.

안토니오　쐐기풀씨를 심으려고?

세바스티안　또는 수영이나 비단 아욱이나 심으라지.

곤잘로　그리고 제가 그 국왕이 된다고 하면, 어떻게
　　할 것 같습니까?

세바스티안　술은 없으니까, 곤드라지지는 않을 테지.

곤잘로　그 국가에서 저는 만사를 보통과는 정반대로

처리하겠습니다. 즉 어떠한 상거래도 인정하지 않고, 관공리는 없애며, 학문도 금지하고, 빈부도 없을 것이며, 고용도 전혀 없을 것입니다. 계약, 상속, 경계, 소유지, 경작지, 포도원 같은 것도 전혀 없을 것입니다. 금속, 곡물, 주류, 육류 등의 사용도 없을 것이며 직업도 없고, 남자는 다 할 일이 없고 여자 또한 순진 무구할 것이며, 또 군주권도 없고…….

세바스티안 군주권도 없다면서 국왕이 되겠다는 건가.

안토니오 이자는 군주론의 끝에 가서 첫머리를 잊어버렸구먼.

곤잘로 만인에게 필요한 물건들은 죄다 땀도, 노력도 없이 자연히 생산될 것이고, 반역이나 살인 강도도 없을 것이며, 칼·창·단도·총 또는 이밖의 전쟁 무기 같은 것도 필요없을 것이고, 자연은 풍요한 오곡을 생산하여 순박한 백성들을 양육해 줄 것입니다.

세바스티안 국민들간에는 결혼도 하지 않는가?

안토니오 안 하고말고. 모두 무위도식자들뿐이고, 갈보와 악당 천질 테니까.

곤잘로 그리고 훌륭하게 완전 무결한 정치를 할 것이며, 또…….

세바스티안 (큰 소리로) 전하 만세!

안토니오 곤잘로 만세!

곤잘로 듣고 계십니까, 전하?

알론조 제발 그만두오. 경은 쓸데없는 얘기를 하고 있
소.

곤잘로 참 전하 말씀이 옳습니다. 저 양반네들 허파가
어찌나 민첩하던지, 쓸데없는 일에 늘 웃어대는데
저는 저 양반네들에게 웃음거리를 제공한 것입니
다.

안토니오 우리는 당신을 비웃는 것이오.

곤잘로 사실 그런 어처구니없는 바보짓에 있어서라면
나야 뭐 쓸데없는 존재입죠. 당신네들이 더 있으셔
도 좋습니다만, 결국 쓸데없는 것을 보고 웃는 것
이 됩니다.

안토니오 이거 한 대 얻어맞았는걸!

세바스티안 옆치기는 아니었소!

곤잘로 당신네들은 참 기억력도 좋으시군요. 당신네들
은 달을 그 궤도에서 끌어내리려고까지 하신 분네
들이오. 달이 다섯 주일을 그대로 변치 않고 보름
달인 걸 보신다면!

에이리엘이 엄숙한 음악을 연주하면서 공중에 등장.

세바스티안 그야 물론이죠. 밤을 컴컴하게 해놓고 새
　　타작이나 하러 갈 텐데요. (곤잘로가 얼굴을 돌린다)

안토니오 아니 대감. 노하진 마시오.

곤잘로 노하다니, 천만의 말씀. 내가 그렇게 쉽사리
　　분별력을 잃을 것 같습니까? (눕는다) 자 실컷들
　　웃으시고 날 잠들게 해주시오. 아, 왜 이렇게 졸릴
　　까.

안토니오 그럼, 주무시면서 우리 얘기나 들으시구려.
　　(알론조, 세바스티안, 안토니오 이외에는 다 잠이 든다)

알론조 아니, 다들 이렇게 쉽게 잠이 드나? 내 눈도
　　마음의 번민이랑 함께 자줬으면 좋겠는걸. 아, 이
　　제 나도 잠이 들려하는가 본데.

세바스티안 전하, 졸리시거든 좀 주무십시오. 슬플 때
　　는 잠이 잘 안 옵니다만, 주무시면 마음이 편해집
　　니다.

안토니오 저희 두 사람은 전하께서 주무시는 동안 옥
　　체를 지키고, 만일의 일이 없도록 감시하겠습니다.

알론조 고맙소…… 참 묘하게 졸리구먼. (알론조는 잠이
　　들고 에이리엘은 퇴장)

세바스티안 웬일들일까, 묘하게 졸리워들 하니!

안토니오 기후 탓이지요.

세바스티안 그럼 왜 우리 두 사람의 눈꺼풀은 감겨지

　　지 않을까요? 난 졸리지 않는데.

안토니오　나도 그렇소. 내 정신은 말똥말똥하오. 다른
　　사람들은 죄다 약속이나 한 것처럼 쓰러졌소. 벼락
　　을 맞은 것처럼 나자빠졌소. (자고 있는 사람들을 가
　　리키면서 낮은 소리로) 그런데 말입니다. 세바스티안
　　대감, 이럼 어떻게 되겠습니까? 하지만 입밖에 내
　　진 않겠소이다. 대감 얼굴에는 대감이 장차 무엇이
　　될지 나타나 보이는 것 같구려. 기회는…… 대감에
　　게 아첨을 하고 있습니다. 더구나 나의 상상 속에
　　는 왕관이 대감의 머리 위에 떨어지고 있는 것이
　　보입니다그려.

세바스티안　아니! 당신, 지금 생시오!

안토니오　내 말이 대감의 귀에 안 들리시오?

세바스티안　들리긴 들리오. 하지만 틀림없는 잠꼬대가
　　아니오? 당신은 지금 잠꼬대를 하고 있는 것이오.
　　아까 무슨 말을 하셨지요? 참 묘한 잠도 다 있구
　　려. 자면서 눈을 활짝 뜨고, 서서 얘기도 하고, 움
　　직이고…… 그러면서도 곤히 자고 있으니까 말이
　　오.

안토니오　오 세바스티안 대감, 대감은 자기의 행운을
　　잠재우고 계시오…… 아니 죽게 버려두고 계시오
　　…… 생시에 졸고 계시오.

세바스티안 당신은 분명히 코를 골고 있소. 그 코 고
는 소리에는 의미가 있구려.

안토니오 난 평상시보다는 진심이오. 내 얘기를 들어
보실 생각이시라면 대감도 그러셔야 합니다. 그렇
게만 하시면 대감은 세 배나 더 훌륭한 인물이 되
십니다.

세바스티안 아, 지금 난 괴어 있는 물이랄까요.

안토니오 그럼 밀물이 되는 방법을 가르쳐 드릴까요?

세바스티안 제발 부탁이오. 원래 본성이 게을러서 난
썰물밖에 배우지 못했으니까요.

안토니오 아이고…… 대감의 그 자조하는 말투 속에,
실은 계획이 성장을 하고 있다는 걸 아셔야 합니
다. 그걸 벗어던지려는 것이 곧 더 확실하게 몸에
지니는 결과가 된다는 걸 아셔야 합니다. 대체 썰
물 같은 사람은 대개들 타고난 겁이나 게으름으로
인해 밑바닥 근처를 지나가는 법입니다.

세바스티안 어서 말을 계속하오. 당신의 눈치와 안색
은 무슨 중대한 일이 있는 것만 같고, 그것을 낳는
데에 또한 몹시 고통스럽게 보이오.

안토니오 (곤잘로를 가리키면서) 사실은 이렇소. 저 건망
증 심한 양반이, 글쎄 땅 속에 파묻히면 별로 돌봐
줄 사람도 없을 이 양반이 아까 왕을 설복하다시

피 했소. 하긴 설복의 명인이니까, 설복하는 걸 직
업처럼 삼고 있는 거지만…… 글쎄 왕자는 무사하
다고 말이오. 하지만 왕자가 익사하지 않았다는
건, 여기 자고 있는 자가 수영을 하고 있다는 거나
마찬가지로 있을 수 없는 일이오.

세바스티안 왕자가 익사하지 않았을 가망은 없소.

안토니오 글쎄 그렇게 가망이 없다는 것은 대감으로선
대망을 가질 수 있다는 것 아닙니까. 곧 다른 쪽에
희망이 있음을 말해 주는 것입니다. 한데 그 희망
은 어찌나 높은 희망이든지 야욕의 눈도 그 이상
은 간파하지 못하고, 보는 눈을 의심할 정도란 말
이오. 그럼 대감도 퍼디네인드의 익사를 인정하시
겠소?

세바스티안 예, 익사한 거요.

안토니오 그럼, 말씀해 보시오. 나폴리 왕의 후계자는
누구겠소.

세바스티안 클레러벨 공주요.

안토니오 튜니스의 왕비가 된 분, 사람이 일생 가도
갈 수 없는 곳에 사는 분, 달님 속의 남자를 가지
곤 너무 느리니까, 태양이 우체부라면 몰라도…….
간난 아이 턱에 수염이 나서 면도가 필요할 때까
지는 나폴리의 소식을 듣지 못할 분, 그분과 작별

하고 돌아오는 길에 우리는 죄다 바닷속에 빠졌다
가 더러는 다시 솟아나오고, 여차한 운명으로……
일막 상연키로 돼 있으나 지금까지는 서막에 불과
하고, 앞으로 대감과 내가 등장할 차례요.

세바스티안 거 무슨 소리요? 무슨 말씀이 그러하오?
사실 내 형님의 딸은 튜니스의 왕비이며 나폴리의
후계자요. 이 두 나라 사이에 좀 거리는 있소만.

안토니오 그 거리의 한 자 한 자가 외치고 있는 것 같
잖습니까? '어떻게 클레러벨이 나폴리까지 되돌아
올 수 있으려나…… 클레러벨은 튜니스에 그냥 주
저앉고, 세바스티안이나 잠에서 깨라지'라고 말이
오. 그런데 지금 저렇게들 자고 있으나, 저 잠이
죽음이라면 어쩌겠소? 뭐, 그렇게 되더라도 저 작
자들 운명은 지금의 저 상태나 매일반일 테지만.
여기에 자고 있는 작자에 못지않게 나폴리를 통치
하실 분은 있습니다. 저기 저 곤잘로에 못지않게
쓸데없는 소리를 실컷 지껄일 귀족들도 얼마든지
있습니다. 내가 까마귀를 길들이면 그 정도는 지껄
이게 해놓을 수 있지요. 아, 대감도 나와 같은 마
음이시라면 오죽이나 좋겠소. 그렇다면 이 잠은 대
감의 출세를 위하여 참 좋은 기회요! 내 말 알아
들으시겠습니까?

세바스티안 글쎄 말이오.

안토니오 그러시다면 대감 마음속에선 이 행운을 어떻게 생각하시오?

세바스티안 참 이제 생각이 나지만, 당신은 친형 프로스페로의 자리를 빼앗았지요?

안토니오 그렇소. 자 보시오, 지금 입고 있는 의복은 이전 것보다 참 잘 어울리지 않습니까. 그 당시만 하더라도 내 형의 고용인들은 나의 동료였던 것이 지금은 나의 부하요.

세바스티안 하지만, 당신의 양심은?

안토니오 예, 양심이 어디 있소? 그게 발의 동상(凍傷)이라면 신발이라도 신길까? 하지만 내 가슴에는 그런 신발이 없습니다……. 아무리 많은 양심이 나와 밀런 사이에 서서, 얼어붙고 녹더라도 난 괴로울 것 없소. 여기 대감의 형이 있소만, 누워 있는 흙보다 나을 건 없잖소. 가령 이 자가 외관처럼 (갑자기 음성을 낮추고) 죽어 있다고 하면 나는 이 순수한 칼을 가지고……(단도에 손을 대면서) 이 세 치의 칼끝을 가지고…… 이자를 영구히 재워 놓을 수 있지요. 한편 대감은 이렇게 노체(老體)를…… (곤잘로를 가리키면서) 이 군자님을 영원히 잠재워 놓을 수 있으십니다. 물론 이 자한테 비난받을 염

려도 없구요. 나머지 것들은 암시만 주면, 고양이
가 우유를 핥듯…… 즉 우리에게 시간만 정해 주
면 무슨 일이든 제 시간에 해놓을 무리들입니다.

세바스티안 그럼 나도 당신의 전례를 따르겠소. 당신
이 밀런을 얻은 솜씨로 나도 나폴리를 얻어 보겠
소. 자 칼을 빼시오. 일격이면 지금까지 바쳐 오던
조공은 면제될 것이오. 나 또한 왕으로서 당신을
사랑하리다.

안토니오 자 칼을, 칼을 뺍시다. (두 사람이 칼을 뺀다)
내가 손을 들 테니 그때는 대감도 나같이 하셔서
곤잘로를 내리치십시오.

세바스티안 가만 있자, 한 마디. (한쪽으로 물러가서 이
야기한다)

음악, 동시에 에이리엘이 잠자는 곤잘로의 머리 위에
다시 나타난다.

에이리엘 우리 선생님은 도술로 친구인 당신의 위험을
미리 아시고, 당신을 살리도록 나를 보내신 거예
요. 가만 놔두면 우리 선생님의 계획은 실패하고
말 것이니까요. (곤잘로의 귀에 대고 노래를 한다)

이렇게 코를 골며 자고 있는 사이에
눈을 뜬 음모는
기회를 노리고 있으니
목숨을 소중히 여긴다면
잠을 털고 경계를 하오
일어나오! 일어나!

안토니오   그럼 곧 착수합시다.

곤잘로   (잠에서 깨면서) 아, 천사들이여, 왕을 보우해
주십소사! 아니, 원? 전하! 그만 일어나십시오!
(왕을 깨워 일으킨다)

알론조   (잠에서 깨어나 안토니오와 세바스티안을 보고) 칼을
빼들고 있는가? 왜 그렇게 무서운 안색을 하고 있
지? 무슨 일인가?

세바스티안   전하의 휴식을 이렇게 호위하고 서 있는데
지금 들소인지 사자인지 으르렁대는 소리가 터져
나왔습니다. 그래서 잠을 깨워 드리지 않았습니
까? 원, 제 귀에는 어찌나 무섭게 들렸던지요.

알론조   난 아무것도 듣지 못했는데.

안토니오   아이고, 괴물조차 겁을 먹게 하고, 지진까지
일으킬 것 같은 소리였습니다. 사자떼가 으르렁댄
것이 아니었을까요?

알론조 경은 들었는가, 곤잘로?

곤잘로 예, 콧노래 같은 소리가 들리긴 들렸습니다. 거 참 묘한 소리였습죠. 그 소리 때문에 일어나서 전하를 흔들어 깨우고 불렀던 것입니다. 그런데 제가 눈을 뜨고 보니 두 분이 칼을 빼들고 있잖겠어요. 사실 무슨 소리가 나긴 났습니다. ……경계를 엄중히 하든지, 이곳을 떠나시는 것이 상책일 것 같습니다. 칼을 빼듭시다.

알론조 그럼, 이곳을 버리고 왕자를 찾아가 보기로 하지.

곤잘로 하나님, 왕자님을 맹수로부터 보우해 주십소서! 왕자님이 이 섬에 계시긴 계실 겁니다.

알론조 그럼 가 보자.

에이리엘 (모두 일어서는 것을 보고) 프로스페로 선생님께 이 일을 보고해야지. 그럼 임금님, 안심하시고 왕자를 찾으러 가보세요.

모두 퇴장.

제 2 장

섬의 고지.
흐린 하늘. 캘리밴이 장작을 들고 등장.

캘리밴　햇님이 수렁과 늪과 진창에서 뽑아들이는 독기
란 독기는 죄다 프로스페로 녀석한테 떨어지고, 한
치도 틀림없이 전신에 병이나 옮아라. (번개) 그
녀석의 정령들이 엿듣고 있겠지만 그 녀석이 시키
지만 않는다면 정령들도 날 꼬집고, 도깨비를 보여
나를 놀라게 하고, 늪 속에 팽개치고, 또 횃불이
되어 암야에 길을 잃게 하는 등의 일들을 하지는
않을 것 아닌가. 그것은 하찮은 일로 날 못살게 굴
거든. 어떤 땐 원숭이로 둔갑해 낯바대기를 찌푸리
고 지껄이다간 날 물어 뜯는다니까. 또 어떤 땐 고
슴도치가 돼 가지고 내 맨발 길목에 자빠져 있다
가 내가 발을 디디면 가시를 곤두세운단 말이야.
또 어떤 땐 독사한테 온통 포위당하고 마는데, 그
놈들의 갈라진 혓바닥이 씩씩대는 바람에 난 미칠
지경이라니까.

트링큘로 등장.

캘리밴 이크! 그 녀석의 정령 하나가 오잖았는가. 너
무 늦게 장작을 가져오니까, 날 혼내 주려고. 딱
엎드리자…… 그러면 날 몰라 볼 것 아닌가? (딱
엎드리고 웃옷을 뒤집어쓴다)

트링큘로 (하늘을 쳐다보면서 비틀비틀 오고 있다) 제기랄,
여기는 피신할 만한 덤불도 관목도 없는데…… 또
태풍이 불 것 같이 바람소리가 심하구먼. 저기 저
시커먼 구름, 높은 구름은 더러운 술자루같이 당장
이라도 뭣이 쏟아질 것만 같구나. 아까처럼 벼락이
치면, 원 어디다 머리빡을 감춰야 좋을까. 저기 저
구름 꼴로 봐서는, 마구 쏟아지지 않고는 가만 있
지 않을걸. (캘리밴이 걸려서 쓰려질 뻔하면서) 이게
뭐냐? 사람이냐, 생선이냐, 죽었나, 살았나? (냄새
를 맡아 보면서) 생선이다, 생선. 냄새가 나는구나…
… 성하지 않은 간 대구의 일종인가 보다. 묘한 생
선이로구나. 전에 가 본 일이 있는 영국 땅에 지금
내가 있다고 치고 이 생선을 간판에 그려 놓는다
면…… 휴일의 논팽이 구경군 치고 은전 한 장 선
선히 내지 않을 친구는 없을 거야. 영국에서라면
이 괴물을 가지고 신세를 고칠 것 아닌가. 어떤 괴

상한 동물이든 가지고만 가면 그곳에선 팔자를 고
치니까 말이야. 그곳 사람들은 절름발이 거지에겐
동전 한 푼도 주지 않으면서 죽은 인디언을 구경
하기 위해선 한 푼의 열 배도 아깝게 여기지 않으
니 말이야. (캘리밴이 쓰고 있는 웃옷을 들어올리고) 다
리는 사람 다리 같고, 어깨는 지느러미 같구먼.
(가만히 몸뚱어리를 만져 보면서) 이크, 따뜻하네! (깜
짝 놀라 물러서면서) 내 감정을 포기해야겠어, 취소
해야겠어. 이건 생선이 아니라 섬사람인가 보다.
아까 그 벼락을 맞았나 보다. (또 뇌성 벽력) 아이
고! 태풍이 또 오는구먼. 이 녀석의 옷 밑으로 기
어들어가는 것이 상책이겠지. (캘리밴의 웃옷 자락 밑
으로 기어들어간다) 이 근처엔 달리 은신할 곳도 없
잖은가. 원체 궁해 놓으니까 묘한 것하고도 동침하
게 되는구먼. (캘리밴의 웃옷자락을 잡아당겨 덮으면서)
비바람이 잘 때까지 이렇게 숨어 있을밖에.

　　　스테파노가 노래를 하면서 등장. 손에는 술자루를 들고
　　　있다.

스테파노 　(노래)

다시는 안 갈 테야, 바다론, 바다론
육지에서 이대로 그냥 죽을 테야.

장례식 노래 치곤 곡조가 너무 야비한걸. 그건 그
렇고, 내 위안거리가 있잖나. (술을 마신다. 그리고
다시 노래를 부른다)

선장과 갑판닦이와 수부장과 나도
포수와 그 조수도
몰과 메그와 메리언과 마저리한테는 반했으나
아무도 케이크는 좋아하지 않았지……
글쎄 그 가시낸 칼날 같은 혀를 가지고
선원만 보면 돼지라고 소리지르잖던가
타르나 니스는 냄새도 맡기 싫다느니
근질근질하면 재봉사 보고
긁어 달라는 가시내가
뱃놈들은 바다로, 그 가시낸 교수대로.

그런데 이것 역시 상스러운 노래 아닌가. 그건 그
렇고 내 위안거리나 아껴 가며 마시자꾸나. (술을
마신다)

캘리밴 날 못살게 하지 말아…… 아이고!

스테파노 뭘까? (돌아다보면서) 악마인가 보다. 그래, 야만인이나 인디언을 가지고서 날 한 번 곯려 먹잔 거냐? 그 네 개의 다리에 겁을 먹자고 익사를 모면한 내가 아니야. 사족으로 다니는 명사분네도 이 사람한테 이기지 못한다는 평판인데 말이야. 이 스테파노가 콧구멍으로 숨을 쉬는 동안은 그와 같은 평판을 되풀이하게 할 터.

캘리밴 아이고 정령이 날 못살게구네, 아이고!

스테파노 이건 이 섬에서 사는 괴물이구나. 아마 발작이 일어났는가 보지? 대관절 어디서 우리 나라 말을 배웠을까? 그것 때문이라도 좀 도와 줘야겠다. 병을 고쳐서 길들여 가지고 나폴리로 데리고 가면, 가죽 구두를 신는 어떤 임금한테라도 좋은 선물이 되잖겠는가.

캘리밴 (얼굴을 나타내면서) 제발 그만 못 살게 하슈. 이 제부턴 장작을 빨리 가지고 갈게요.

스테파노 발작이 일어났는가 보다. 그래서 헛소리를 하는 거야. 내 술자루를 좀 갖다대 보자. 술맛을 아직 모른다면 이 술로 발작쯤은 가라앉을 게 아닌가. 이것을 치료해서 길들일 수 있다면, 아무리 많은 값을 불러도 비싼진 않을 거야. 살 사람만 나타나면 실컷 바가지를 씌워야지. (캘리밴의 어깨를

붙든다)

캘리밴 지금은 날 조금밖에 해치지 않고 있지만, 이제 곧 시작할 테지. 네가 그렇게 떨고 있는 걸 보면 알아. 지금 프로스페로가 네게 마술을 걸고 있는 거지 뭐야.

스테파노 이리 대. (술자루를 갖다대면서) 입을 벌려. 이 건 네게 말을 하게 할 신통한 약이니까. 이걸 마시 면 그렇게 떨리는 것도 떨쳐 버릴 수 있다니까…… …. (캘리밴이 술을 마신다) 난데없이 친구도 생기는 법이야. 자 한 번 더 입을 벌려.

트링큘로 들어본 음성 같은 걸. 확실히 저 음성은? 하 지만 그 작자는 익사하잖았나. 그럼 이건 악마들인 가 보다. 아이고 맙소사!

스테파노 다리는 네 개에다 음성은 두 개라. 참 묘한 괴물이구먼. 앞 음성은 이제 자기 친구를 좋게 말 하고, 뒤 음성은 마구 욕을 하며 중상을 하잖는가. 이 술을 죄다 먹여서라도 고칠 수만 있다면 발작 을 고쳐 줘야지. 자…… (캘리밴이 마신다) 이제 됐 어. 그럼 또 하나의 입에다 부어 줘야지.

트링큘로 스테파노.

스테파노 (깜짝 놀라 물러나면서) 다른 쪽 입이 날 부르 는가? 아이고 맙소사! 이건 악마로구먼, 괴물이

아니라. 엣다, 달아나자…… 악마 입에 떠넣을 기
다란 국자는 안 가지고 있으니까.

트링큘로 스테파노…… 자네가 스테파노라면 날 좀 만
져 보고 말을 해다오. 난 트링큘로야. 무서워 말
아, 자네 친구 트링큘로야.

스테파노 자네가 트링큘로라면…… (되돌아와서) 이리
나오게. (트링큘로의 발목을 붙들고) 자, 작은 쪽 두
다리를 이렇게 잡아당겨 봐야지. (잡아당기다 말고)
어느 쪽인가가 트링큘로의 다리라면, 필시 이쪽일
거야. (나타난 얼굴을 보고서) 아이고 자넨 진짜 트리
큘로구먼. 대관절 자넨 어찌하여 이 귀신 딱지 같
은 자식의 똥 노릇을 하게 됐단 말인가? 또 이 자
식이 자네를 똥같이 싸놓을 수 있단 말인가?

트링큘로 (허청허청 일어서면서) 난 이 자식이 벼락을 맞
아서 죽어 있는 줄만 알았지. 그런데 자네는 익사
하지 않았었나, 스테파노? 익사하진 않았나 보지?
태풍은 지나갔나? 태풍이 하도 겁이 나서 이 죽은
귀신 같은 자식의 외투 밑에 숨었었어. (스테파노를
얼싸안고) 그래 살아 있었나, 스테파노? 아이고, 스
테파노, 두 사람의 나폴리 사람이 살아난 셈이네!

스테파노 제발 이렇게 빙빙 돌리지 말아. 내 위장은
멀쩡치 않으니까.

캘리밴   정령들이 아니라면, 아마 틀림없이 훌륭한 존
재들인가보다. 굉장한 신이고, 천당의 술을 가져오
신 거구먼. 저들 앞에 무릎을 꿇어야지. (무릎을 꿇
는다)

스테파노   (트링큘로에게) 자넨 어떻게 살아났나? 어떻
게 이곳에 왔나…… 난 선원들이 내던진 술통을
타고 살아났지. 이 술자루에 두고 맹세하는 거야!
이건 내가 해안에 떼밀려 와서 내 손으로 나무껍
질을 벗겨 만든 술자루야.

캘리밴   (앞으로 나와서) 그 술자루에 두고 맹세합니다
만, 난 이제부터 나으리의 충실한 부하가 되겠습니
다. 글쎄 그 술은 이 세상의 물건은 아니거든요.

스테파노   자, (트링큘로에게 술자루를 내밀면서) 맹세하고
말해 보라니까, 자네가 어떻게 살았는지를.

트링큘로   헤엄을 쳐서 나왔지, 오리같이 말이야. 정말
이지 난 오리같이 헤엄을 칠 수 있거든.

스테파노   자, (술자루를 내밀면서) 이 성경에 키스를 하
게나. (트링큘로가 술자루를 들고 술을 들이켠다) 오리같
이 헤엄을 칠 수 있는지는 몰라도, 자넨 바로 거위
같이 생겨 먹었는걸. (술자루를 도로 빼앗는다)

트링큘로   아이고, 스테파노, 더 없는가?

스테파노   아냐, 한 통 있어. 저장실은 해변 바위 속이

야. 그곳에다 술을 감춰 놓았어…… (캘리밴을 보면
서) 요 귀신딱지 같으니, 이젠 넌 좀 어때? 발작은
그쳤나?

캘리밴 나으리는 천당에서 내려온 분이시죠?

스테파노 암, 달님한테서 내려왔고말고…… (술을 따라
마시면서) 난 이전엔 달님 속의 사람이었지.

캘리밴 (절을 하면서) 나으리가 달님 속에 계시는 걸 나
도 봤어요. 난 나으리를 숭배하고 있습니다. 내가
있는 곳 아가씨가 달님 속의 나으리와 나으리네
개와 싸릿대를 가르쳐 주더구먼요.

스테파노 그럼, 그렇다고 맹세를 해. 그리고 이 성경
에 키스를 해. 지금 당장 새 술을 가득 담아다 줄
테니까. 얼른 맹세하라니까.

트링큘로 저 햇님에 두고 말이지만 이 녀석은 참 바보
같은 괴물이로구먼. 내가 이런 녀석을 다 무서워했
었나? 이건 천치 같은 괴물 아닌가? 달님 속의 사
람이라고! 미련둥이가 고지식하게 그런 걸 다 믿
다니. (캘리밴이 빈 술자루를 빨아 마시는 걸 보고) 참
잘 들이켠다. 괴물아, 정말 잘 들이켠다.

캘리밴 이 섬의 기름진 땅이란 땅은 죄다 안내해 드리
겠습니다. 그리고 나으리 발에 키스하겠습니다. 제
발 나의 신이 돼주십쇼.

트링큘로 저 햇님에 두고 말이지만, 이 녀석은 정말
신을 안 믿는 주정뱅이인걸? 자기의 신이 자고 있
을 때 술자루를 훔쳐 갈 녀석이라니까.

캘리밴 나으리 발에 키스하겠습니다. 그리고 나으리네
부하가 되겠습니다.

스테파노 그럼, 이리 와서 엎드려 맹세를 해봐. (이 말
에 캘리밴은 트링큘로에게 등을 돌리고 무릎을 꿇는다)

트링큘로 이 천치 같은 괴물 좀 보게, 우스워 죽겠네.
요 빌어먹을 괴물 좀 보게, 한 대 후려갈겨 줄까
보다.

스테파노 자, 키스를 해. (그의 발에 캘리밴이 키스를 한
다)

트링큘로 ……요 미련한 괴물이 술만 취하지 않았다면
…… 흉측한 괴물 같으니!

캘리밴 가장 좋은 샘물로 안내해 드리죠. 딸기도 따다
드리겠습니다. 생선도 잡아 오고, 땔감도 잔뜩 가
져오겠습니다. 날 부려먹고 있는 그 폭군녀석은 제
발 염병에나 걸려라. 앞으로 그 녀석한테 막대기
하나 갖다줄줄 아냐. 이제부턴 나으리를 따르겠습
네다.

트링큘로 참 어처구니없는 괴물이로군. 하찮은 주정꾼
을 신기한 이물로 생각하다니! 내 참.

캘리밴 제발 능금이 열려 있는 곳에 나으리를 안내하게 해주십쇼. 그리고 이 기다란 손톱으로는 땅콩을 파드리겠습니다. 여치 집도 만들어 드리고, 날쌘 원숭이 새끼를 덫으로 잡는 법도 가르쳐 드리죠. 그리고 송이 진 개암열매 있는 곳에도 안내해 드리고, 바위에서 도요새 새끼도 잡아다 드리겠습니다. 같이 안 가보시겠습니까?

스테파노 그럼, 제발 그만 떠들고 어서 안내나 해봐. 여보게 트링큘로, 왕과 다른 일행들은 죄다 익사해 버리고 없으니까, 이 섬은 우리들의 차지가 아니겠느냐 말야. (캘리밴에게) 여봐, 이 술자루를 들어. (트링큘로의 팔을 잡으면서) 여보게 트링큘로, 이내 곧 또 이 술자루에 가득 채워 보세나.

캘리밴 (취해 가지고 노래조로) 주인네완 작별이다, 작별이다, 작별.

트링큘로 악을 쓰는 괴물. 술 취한 괴물 좀 보게.

캘리밴 이제는 고기 잡는 둑을 만들지 않을 테야
　　　　 장작도 나르지 않을 테야
　　　　 명령을 받아도
　　　　 나무 그릇도 닦지 않고
　　　　 접시 설거지도 안할 테야
　　　　 반반, 캘리밴은

　　새 주인 만났으니…… 새로 사람 구하려무나

　　자유다, 만세다! 자유 만세다!

　　자유, 만세, 자유다!

스테파노　여, 용감한 괴물아, 어서 길을 안내해.

　　　모두 비틀비틀 퇴장.

제 3 막

제 1 장

프로스페로의 동굴 앞.
퍼디네인드가 장작을 들고 등장.

퍼디네인드 놀기도 때때로 고통스러운 적이 있지만,
그 재미에 고통은 잊혀지거든. 천한 일도 고상해질
수 있고, 따라서 아무리 하찮은 일도 훌륭한 결과
를 맺을 수 있지. 나의 이 천한 일은 보통 같으면
불쾌하고 비참한 것이지만 이것도 그 여자에 대한
봉사라 생각하면 죽음 같은 일에도 생기가 돌고
고통이 오히려 낙이 되는구먼. 오, 그 여잔 저 심
술궂은 아버지에 비하면 열 배나 더 상냥하거든.
아버지쪽은 가혹의 덩어리가 아닌가. (앉는다) 몇
천 개의 통나무를 날라다가 쌓아올리라는 엄명이
지만, 그 상냥한 딸은 내가 일하는 것을 보고 눈물
을 흘리면서 이렇게 천한 일은 처음 해봤을 거라
고 말하잖았는가…… (일을 계속하려고 일어서면서)
아차…… 깜빡 멍해 있었구먼. 그러나 이렇게 달콤
한 생각에 젖어 있으면 하는 일에 생기마저 돈다.

그러니 일을 하고 있는 동안이 가장 한가롭달까.

미란다가 동굴에서 나온다. 프로스페로는 그 뒷문 곁에
있으나, 미란다와 퍼디네인드에게는 보이지 않는다.

미란다 아, 제발 그렇게 너무 애 쓰지 마세요. 쌓아올
리도록 명령받은 이 통나무들이 죄다 번갯불에 타
버렸으면 좋겠어요. 제발 그만 앉아서 쉬세요, 네.
그것들이 탈 적에는 당신을 괴롭힌 걸 회상하여
울고 말 거예요. 저희 아버진 열심히 공부하시는
중이에요. 그러니 자, 이제 쉬세요. 앞으로 세 시
간은 안전해요.

퍼디네인드 감사합니다. 그러나 내가 열심히 해도 할
일을 다하기도 전에 해는 질 것 같습니다.

미란다 당신이 여기 앉아 계시면, 그 동안 제가 그 통
나무를 나르겠어요. 자, 그걸 이리 주세요. 제가
갖다 쌓을 테니.

퍼디네인드 아이고, 별말씀을 다…… 나는 한가롭게
앉아 있고 당신이 이런 천한 일을 하시는 걸 볼 바
에야 차라리 내 힘줄이 끊어지고 등뼈가 부서지는
게 낫습니다.

미란다 그 일이 당신께 알맞으면, 제게도 알맞을 게

아니에요. 글쎄, 당신은 싫어하시면서 하시지만 저
같으면 즐거이 할 거니까요.

프로스페로 (방백) 불쌍한 것, 사랑의 병에 걸려 버렸
군. 그렇게 찾아간 것이 증거지 뭐야.

미란다 피로하신 것 같아요.

퍼디네인드 천만의 말씀입니다. 당신만 곁에 있어 주
시면 나로선 밤도 아침같이 상쾌할 것입니다. 그런
데 부탁이 있습니다. 실은 기도할 때 부르기 위해
서입니다만…… 이름을 좀 가르쳐 주십시오.

미란다 미란다예요. 오, 아버지 분부를 어기고 그만
말해 버렸네요!

퍼디네인드 감탄할 이름을 가진 미란다야. 오, 미모의
극치, 세상에서 둘도 없이 귀한 당신이여…… 수많
은 여인들을 나는 심중히 관찰해 왔는데, 그 아름
다운 음성의 미가 너무도 쉽게 반하는 내 귀를 사
로잡은 일도 여러 번 있었소. 몇 가지 장점 때문에
몇몇 부인네들이 내 마음에 든 적도 있었습니다.
그러나 그 타고난 최대의 미점과 상반되는 몇 가
지 결점을 지니고 있습니다. 미점은 흐려지고 말아
서, 어떤 부인네도 진심으로 사랑해 보지는 못했습
니다. 그러나 당신은, 오, 당신만은 완전 무결하
고, 둘도 없으니 온갖 인간들의 가장 좋은 미점을

한몸에 지니고 태어나신 분입니다.

미란다 전 여자를 한 사람도 몰라요. 여자의 얼굴도 거울에 비치는 제 자신의 얼굴밖엔 기억이 없어요. 남자라고 부를 수 있는 사람도 당신과 저의 아버지밖에는 더 이상 본 적이 없어요. 외부 분네들이 어떤 모습을 하고 있는지 전 알지 못해요. 하지만 제 소유물 중에서 가장 소중한 이 정조에 두고 맹세하겠습니다. 세상에선 당신밖에 좋아하고 싶은 사람의 모습을 마음속에 그려 볼 수도 없어요. 하지만 제가 좀 버릇없게 조잘대면서 그만 아버지의 분부를 잊고 있었나 봐요.

퍼디네인드 나의 신분을 말하자면 왕자요, 미란다 님! 아니 왕인지도 모르죠, 실은 그렇지 않기를 바라고 있습니다만, 그리고 장작을 나르는 이 노역을 참을 수 없는 것은, 쉬파리가 내 입에다 쉬를 스는 것을 참을 수 없는 것이나 마찬가지요. 하나 내 진정을 말씀드립니다만…… 당신을 본 순간 내 마음은 당신에게 봉사하려고 날아가서 나를 불러 주십소사 하고 대기하고 있습니다. 그리고 당신이 있으므로 나는 이렇게 참으면서 통나무 나르는 일도 하고 있습니다.

미란다 절 사랑하세요?

퍼디네인드   오, 하늘이여! 오, 땅이여, 이 말에 보증
　　　좀 서주십소서. 그리고 내 말이 진실이라면 내 고
　　　백에다 친절한 결과를 내려 주시고 만약에 거짓이
　　　라면 내게 마련된 어떤 행운도 불행으로 뒤집어
　　　주시옵소서. 나는 이 세상의 그 무엇보다도 당신을
　　　사랑하고, 소중히 여기며 존경합니다.

미란다   전 참 바보예요, 기쁜 일에 다 울다니.

프로스페로   (방백) 두 개의 보기 드문 아름다운 상봉이
　　　로구나. 하늘이여, 저 두 남녀의 자손에게 은혜의
　　　비를 내려 주시옵소서.

퍼디네인드   왜 우십니까?

미란다   제가 못난 탓이에요. 드리고 싶은 것도 황송해
　　　서 드리지 못하고, 너무나도 갖고 싶은 것을 달란
　　　말도 못하고……. 하지만 이건 쓸데없는 소리예요.
　　　실은 제 본심을 숨기려고 하면 할수록 더 크게 나
　　　타나 버리는걸요. 수줍은 잔꾀랑은 썩 물러가라,
　　　솔직하고 거룩한 천진난만이여 할 말을 좀 가르쳐
　　　줘요. 절 맞아 주신다면 전 당신의 아내가 되겠어
　　　요. 아내로 맞긴 싫으실지 모르니, 그렇다면 당신
　　　의 종 노릇이라도 하겠어요. 당신이 마음에 있으시
　　　든 없으시든간에.

퍼디네인드   (무릎을 꿇고) 나의 여왕, 그리운 당신! 이

렇게 나는 영원히 당신의 시중을 들겠습니다.

미란다   그럼, 남편이 돼주시겠어요?

퍼디네인드   예, 노예가 자유를 얻은 때와 같은 기쁜
마음으로. 자, 악수합시다.

미란다   저도 진심으로 악수하겠어요. 그럼 안녕히 계
세요. 반 시간 후에 다시 뵙겠어요.

퍼디네인드   안녕히, 안녕히! (미란다 퇴장. 퍼디네인드는
장작을 나르러 퇴장)

프로스페로   난데없는 행운이라 무척들 기쁜 모양이지
만, 나는 저들같이 기뻐할 자격이 없지. 그래도 나
로선무엇보다도 기쁘구나. 그럼 책 있는 곳으로나
가보자. 저녁식사 전까지는 여러 가지 해야 할 중
요한 일들이 있잖은가. (동굴 속으로 들어간다)

제 2 장

작은 포구.

한쪽은 완만한 경사면이고, 다른 쪽은 절벽이다. 이 절벽에 작은 동굴이 있다. 스테파노, 트링큘로, 캘리밴이 동굴 입구 근처에 앉아서 술을 마시고 있다.

스테파노 입 닥쳐! 술통이 텅 비면 그때나 물을 마시겠어. 그전엔 물을 한 방울도 마시지 않을 테요. 자 마셔라, 술에 덤벼라, 하인 괴물아. 날 위해서 축배를 올려라.

트링큘로 하인 괴물이라! (스테파노에게 축배를 올린다) 어처구니없는 섬도 다 보겠네! 이 섬에 사람이 다섯 명밖에 없다는데, 우리는 그 중의 세 사람이오. 나머지 두 사람의 머리마저 우리 같은 형편이라면, 이 나라 꼴은 흔들흔들하잖겠나.

스테파노 여, 하인 괴물아, 마시라는데 왜 마시지 않아. 네놈의 두 눈은 인제 머리빡에 달려 있는 형편이로구나.

트링큘로 그럼 눈이 머리빡에 달리지 어디 다른 곳에

달리나? 하기야 눈이 꼬리에 달렸더라면, 거 참
근사한 괴물이 아니겠는가.

스테파노　내 하인 괴물놈은 술 속에다 혀를 담가 버렸
구먼. 나로 말하자면 바다조차도 함부로 익사시키
진 못하지. 난 삼십오 리나 헤엄을 쳐서 겨우 둑에
닿았었어. 떼밀렸다 밀렸다 하면서……. 저 햇님에
두고 선언하지만 괴물아, 난 널 내 부관 아니면 기
수로 삼겠다.

트링큘로　부관이 좋을 거야. 볼품이 없어놔서 기수는
어림도 없을 거야.

스테파노　우리는 패주하진 않는다, 이 괴물 양반아.

트링큘로　패주하지 않다뿐인가, 걷지도 못하는걸. 개
같이 나자빠져서 되나 안 되나 주워 대겠지만, 어
디 제대로 말이 돼야지.

스테파노　여 귀신딱지 같은 놈이라면 어디 한마디쯤
뭐라고 해보지 못하는가.

캘리밴　존체 안녕하십네까? 구두를 핥아 드릴깝쇼?
저분의 하인 노릇은 하지 않겠습네다. 저분은 용감
한 위인이 못 되거든요.

트링큘로　요, 무지한 괴물 좀 보게. 거짓말 말아. 순
경하고도 싸울 수 있는 나야. 원, 썩어빠진 생선
같은 것이. 오늘 나만큼 술을 마신 사람 치고 겁쟁

이가 있더냐 말이다. 그래 네가 괴상한 거짓말을
해볼 테냐? 반은 생선, 반은 괴물인 주제에?

캘리밴 허, 날 멍텅구린 줄 아시나베! (스테파노를 보
고) 그래 저런 사람을 가만 두시렵네까, 나으리?

트링큘로 나으리라고! 허 괴물이 이처럼 천치인 줄은
몰랐구먼!

캘리밴 허, 허, 또! 제발 저 사람을 물어서 죽여 보십
쇼.

스테파노 여봐 트링큘로 말 조심해. 상관한테 대들면
이 곁에 있는 나무에 달아맬 테니까! 이 괴물은
내 부하야, 내 부하를 모욕하지 말란 말이야.

캘리밴 고맙습네다. 나으리, 아까 말하던 청을 한 번
더 들어 주시겠습니까?

스테파노 좋다. 무릎을 꿇고 어디 다시 말해 봐라. 나
는 서지, 트링큘로도 서게나. (캘리밴이 무릎을 꿇는
다. 스테파노와 트링큘로는 비틀비틀 일어선다)

에이리엘이 등장. 다른 사람의 눈에는 보이지 않는다.

캘리밴 아까도 얘기했지만, 난 지독한 놈의 종이외다.
그놈은 마술쟁이인뎁쇼. 마술로 나한테서 이 섬을
빼앗아 갔답네다.

에이리엘 거짓말 말아.

캘리밴 (트링큘로를 돌아다보면서) 당신이나 거짓말 말아. 익살부리는 원숭이같이. 용감한 우리 나으리가 당신 같은 건 죽여 줬으면 시원하겠어. 난 거짓말을 안 하는 사람이야.

스테파노 여보

트링큘로 제기랄, 아무 말도 하지 않았는데.

스테파노 그럼, 입 닥치고 아무 말도 말아. (캘리밴에게) 어서 계속해 봐.

캘리밴 예, 마술을 써 가지고 이 섬을 빼앗아 갔답네다. 나한테서 빼앗아 갔답네다! 나으리께서 그 복수를 해주신다면, 나으리라면 꼭 할 수 있을 것 같으니까요. 저 사람은 어림없는 일이지만…….

스테파노 그야 물론 그렇지.

캘리밴 나으릴 섬의 임금님으로 모시는 부하가 되겠습니다.

스테파노 그래, 어떻게 일을 할 텐가? 그 패들이 있는 곳으로 나를 안내할 수 있겠나?

캘리밴 안내할 수 있다뿐입네까? 그놈이 자고 있을 때 안내해 드리겠습네다. 그러면 그놈의 대가리에 못을 때려박을 수 있을 것 아닙네까.

에이리엘 거짓말 마라, 어림도 없어.

캘리밴   요 엉터리 같은 바보! 요 빌어먹을 어릿광대
  가? 나으리, 제발 저 사람을 좀 때려눕히고. 술자
  루를 빼앗아 주십쇼. 술자루가 없어지면, 저 잔 갯
  물밖에 못 마시게 될 거요. 샘물 있는 곳은 내가
  대주지 않을 테니까요.

스테파노   여봐, 트링큘로, 이제 모험은 그만 하지. 이
  이상 한 마디만 더 괴물을 방해했단 봐라. 이 손에
  맹세하지만, 자비고 뭐고 다 집어치우고, 갈아 버
  린 대구 신세를 만들어 줄 테니까.

트링큘로   아니, 내가 어쨌단 말이야? 아무 말도 안했
  는데. 저만큼 물러가 있어야겠소.

스테파노   저 녀석한테 거짓말을 했다고 하잖았나?

에이리엘   거짓말 말아.

스테파노   어쩌고 어째? 한 대 맞아 봐라. (트링큘로를
  때린다) 이게 마음에 든다면, 한 번 더 날 거짓말쟁
  이라고 해보지.

트링큘로   거짓말쟁이라고 한 적은 없어. 정신이 나가
  고 귀까지 먹었나? 제기랄 놈의 술자루 같으니,
  이거 다 술 탓이지 뭐야. 염병할 놈의 괴물 같으
  니, 손가락이나 악마한테 물어뜯겨 버리렴!

캘리밴   하하하!

스테파노   자, 얘기를 계속해 봐! (트링큘로를 위협하면

서) 자넨 좀더 멀찍이 물러가 서 있어.

캘리밴 실컷 좀 두들겨 주십죠. 좀 있으면 나도 두들
겨 줄 테니까.

스테파노 저만큼 가서 있으라니까. (트링큘러에게) 자
어서.

캘리밴 예, 아까 얘기 드린 바와 같이, 그놈은 언제나
저녁때면 낮잠을 자니까, 그때 책만 뺏어 버리면
골통을 때려부수어 놓을 수도 있습죠. 혹은 통나무
로 머리통을 때려부수거나 몽둥이로 배를 가르든,
식칼로 모가지를 자르든 마음대로 할 수 있습죠.
그러나 무엇보다 책을 빼앗는 것을 잊지 마십죠.
그 책만 없어지면, 그놈도 나같은 바보에 지나지
않죠, 정령을 한 놈도 부리지 못하니까요. 정령들
도 죄다 나같이 그놈을 너무나도 미워하고 있답네
다. 우선 그 책을 불살라 버려야 합네다. 그놈은
그놈 말마따나 근사한 가구들을 가지고 있답네다.
집이 완성되면 그걸로 안을 꾸민다나요? 하지만
무엇보다도 그 녀석은 자기 딸년이 천하에 둘도
없는 보배라더군요. 난 우리 엄마 시코락스와 그애
밖엔 여자를 보지 못했지만, 그애와 시코락스는 태
산과 먼지같다고나 할까요.

스테파노 그렇게 근사한 색신가?

캘리밴 암요, 나으리 이불 속에 십상일 거고, 정말이
　　　지 좋은 씨를 낳아 줄 겁네다.

스테파노 여 괴물, 그 녀석은 내가 없애 버리고, 그
　　　녀석의 딸년과 난, 왕과 왕비가 될 것이다. 두 전
　　　하 만세다! 그리고 트링큘로와 네놈은 부왕(副王)
　　　을 시키겠다. 그래 이 계획에 찬성하나, 트링큘로?

트링큘로 찬성하다뿐인가.

스테파노 자, 악수나 하세. 아깐 때려서 미안하이. 하
　　　지만 일생 동안 입만은 조심하게.

캘리밴 이젠 반 시간 이내에 그 녀석은 잠이 들 것입
　　　네다. 그때 가서 없애 버리기로 하시겠습네까?

스테파노 암, 없애 버리고말고.

에이리엘 (방백) 어서 가서 이대로 보고를 드려야지.

캘리밴 덕분에 신이 납네다. 참 재미있습네다. 기분을
　　　냅시다. 아까 가르쳐 주신 그 노래를 안 부르시겠
　　　습네까?

스테파노 괴물아, 네가 청한다면 이치에 닿는 일은 뭐
　　　든지 하겠다. 자 트링큘로, 노래를 부르세. (노래를
　　　부른다)

　　　조롱을 하든 놀려 먹든
　　　놀려 먹든 조롱을 하든

생각은 자유다

캘리밴 장단이 맞지 않는뎁쇼.

에이리엘이 소고와 피리를 연주한다.

스테파노 이게 뭐냐?

트링큘로 (주위를 두리번거리면서) 우리 노래의 곡조인가
본데 그림자 같은 놈이 연주를 하는구나.

스테파노 (주먹을 흔들면서) 여, 네가 인간이라면 인간
같이 나타나고, 만약 악마라면 네멋대로 하고 나타
나 보려무나.

트링큘로 (기가 죽어서) 아이고, 내 죄를 용서해 주십소
서!

캘리밴 그래, 무섭습네까?

스테파노 천만에, 무섭긴 뭐가 무서워.

캘리밴 뭐 무서워하실 것 없습네다. 이 섬에선 항상
무슨 좋은 음악 소리가 나는뎁쇼. 재미있을 뿐 아
무 해는 없습네다. 어떤 땐 수많은 음악들이 제 귀
의 언저리에서 울리는가 하면, 어떤 땐 긴 잠에서
깨어났는데도, 다시 또 잠을 청하는 노랫소리가 들
립네다. 그러다가 꿈을 꾸면 구름들이 열리고 보물

들이 금방 머리 위에 떨어질 성싶다가 잠을 깨는
뎁쇼. 다시 한번 꿈을 꾸고 싶어서 울음이 터져나
오곤 했습죠.

스테파노 내겐 근사한 왕국이 될 것 같구먼. 무료로
음악을 다 들을 수 있다니.

캘리밴 프로스페로만 없애 버리면, 물론 그렇습죠.

스테파노 머지않아 없애 버리고말고, 네 얘긴 안 잊고
있어.

트링큘로 음악이 점점 멀어져 가는구먼. 자, 따라가
보자고, 그러고 나서 우리들의 할일을 하자고.

스테파노 여,괴물아, 앞장을 서. 우리가 따라갈 테니,
저 소고 치는 놈이 눈에 좀 보였으면 좋겠네, 거
잘도 친다.

트링큘로 (캘리밴을 보고) 안 가겠나? 스테파노, 난 따
라감세. (에이리엘을 따라 포구 쪽으로 올라간다)

제 3 장

프로스페로의 동굴 위, 절벽 꼭대기 근처의 참피나무 숲.

알론조와 그의 일행이 피로하고 실망한 모습으로 숲 속을 걸어 가고 있다. 곤잘로는 뒤쳐져 따라가고 있다.

곤잘로 정말이지 전 이젠 더 걷지 못하겠습니다. 이 늙은 뼈가 쑤십니다. 곧은 길과 꼬부랑길을 어찌나 돌아다녔던지요. 황공합니다만 전 좀 쉬어야겠습니다.

알론조 연로하니까 그럴 거요. 나 역시 어찌나 지쳤는지, 정신까지 둔해진 것 같소. 자, 앉아서 쉬구려. (알론조, 곤잘로, 에이드리언, 프랜시스코 앉는다) 이제는 그 희망을 버리고, 그만 단념하겠소. 이렇게 우리가 헤매며 찾아다니는 왕자는 익사하고, 바다는 우리의 쓸데없는 육상의 수색을 조소하고 있소. 인제는 할 수 없는 노릇이오.

안토니오 (세바스티안과 둘이 좀 떨어진 곳에 서서) 됐소, 왕이 절망을 하니까. 대감 한 번 실패하셨다 해서 일단 결정하신 일을 포기하심 안 됩니다.

세바스티안   다음 기회를 잘 노립시다.

안토니오   오늘밤으로 합시다. 아무튼 저자들은 걸어다
니느라고 온통 지쳐 있으니까 정신이 활발할 때처
럼 경계를 하지 않을 것이고, 하려고 해도 할 수
없을 것입니다.

세바스티안   오늘밤 하기로 하고, 이제 입 다뭅시다.

묘한 음악이 엄숙하게 들려온다. 프로스페로가 절벽 꼭
대기에 나타난다. 다른 사람들의 눈에는 보이지 않는다.

알론조   이건 웬 음악인가? 다들 들어 보오!

곤잘로   참으로 묘하게 아름다운 음악입니다.

몇 개의 이상한 형태들이 잔칫상을 들고 등장하여, 잔
칫상 주위를 춤을 추며 돌면서 공손히 인사를 한다. 그리
고 왕 일행을 보며 먹으라고 권하면서 퇴장.

알론조   하느님, 보우해 주시옵소서. 지금 나타났던 것
들은 무엇일까?

세바스티안   살아 있는 꼭두각시들인가 봅니다. 그러고
보니 믿을 수 있을 것 같습니다. 일각수(一角獸)란
게 있다죠. 그리고 아라비아에는 봉황이 사는 나무

가 있다는데, 지금 봉황 한 마리가 그 나무의 옥좌
에 앉아서 군림하고 있는지도 모르죠.

안토니오 양쪽 얘긴 다 믿을 만합니다. 믿어지지 않는
다른 얘기도 나한테 오면, 난 그걸 사실이라고 보
증합니다. 여행가들의 얘기는 결코 허풍이 아닙니
다. 그걸 믿지 않는 건 우물 안의 개구리들뿐입니
다.

곤잘로 나폴리에 가서, 이런 얘기를 하면 곧이 들을까
요? 내가 그런 섬사람들을 봤다고 얘기하면 말입
니다. 확실히 그건 섬사람들일 테니까요. 형태는
괴상하지만 그 행동은 점잖고. 우리 인간 사회에서
볼 수 있는 많은 사람들에 못지않을 뿐더러, 그 누
구보다도 점잖습니다.

프로스페로 (방백) 음, 그 말 잘했어. 글쎄, 거기 있는
너희들 중에는 악마보다 더한 놈도 있으니 말이야.

알론조 참 감탄하지 않을 수 없구려. 그 형태하며, 거
동하며, 음악하며…… 혀를 쓰지 않고도 그렇게 미
묘한 표현을 하다니.

프로스페로 (빙그레 웃으면서 방백) 끝까지 보고나서 칭
찬하라고.

프랜시스코 묘하게 사라져 버렸습죠.

세바스티안 상관없소, 음식은 남겨 놓고 갔으니까. 마

침 배도 고프고. (세바스티안은 음식을 굶주린 듯이 훑
어보면서 왕에게) 드시지 않겠습니까?

알론조 싫어.

곤잘로 전하, 염려하실 건 없습니다. 저희들의 소년
시절 같으면 턱 아랫살은 마치 소같이 늘어지고,
모가지엔 전대같이 살이 붙어 있는 산중 사람들이
있단 말을 누가 곧이 들었겠어요? 그러나 이제는
무사히 돌아오면 다섯 배를 차지하기로 내기하고
떠난 여행가도 충분한 증거를 가지고 돌아올 것
아닙니까.

알론조 그럼 용기를 내고, 식사를 하겠어. 이게 내 최
후가 되더라도 뭐 상관없어. 내 생애는 이미 지난
것 같으니까. 동생 그리고 공작, 용기를 내서 같이
듭시다. (알론조, 세바스티안, 안토니오 식탁에 앉는다)

뇌성, 번개, 에이리엘이 괴조(怪鳥)의 모습으로 등장하
여 날개로 식탁을 치자 교묘하게 잔칫상은 사라져 버린다.

에이리엘 이 세 놈의 죄인들아, 이 하계와 이 하계 안
의 온갖 것을 지배하는 운명의 신이 아무리 퍼먹
어도 포식할 줄 모르는 바다로 하여금 너희들을
토해 놓게 하신 것이다. 이 무인도에다. 그러나 너

희들은 인간 사회에 살기에는 당치도 않은 존재들
이다. (세 사람이 칼을 뺀다) 내가 너희들을 미치게
만들어 놓았지만 바로 그런 만용 때문에 사람들은
스스로 목을 매거나 물 속에 몸을 던지는 것이다.
(세 사람은 습격해 보려고 하지만 마법 때문에 움직이지
못한다) 이 바보들 같으니! 나와 나의 동료들은 운
명의 신을 섬기고 있단 말이야. 너희들이 그 칼의
재료를 가지고 내 날개의 깃털 하나라도 잘라낼
수 있다면, 요란스러운 바람에 상처를 내줄 수도
있을 것이다., 치면 비웃으며 상처를 오무리고 마
는 물을 죽일 수도 있을 것이다. 나의 동료들 역시
불사신이다. 설사 해칠 수 있다 하더라도 이제 칼
은 워낙 무거워져서 들지 못할 것이다. 하지만 너
희들 돌이켜 생각해 봐라. 그렇게 하는 것이 나의
의무다. 너희 세 놈들은 밀런에서 무고한 프로스페
로를 추방하여, 그 죄없는 아기와 함께 바다에 버
리지 않았던가. 바다는 그 복수를 하신 거다! 너희
들의 악행을 잠시 유예하셨으나 잊지는 않으시고,
바다며 육지며…… 아니 온갖 창조물을 격분시켜
서 너희들을 못살게 하시는 거다. 여 알론조, 네
아들도 신들이 빼앗아간 거고, 나를 시켜 이렇게
선고하게 하신 거다. 단번의 죽음보다 더 나쁘게

질질 끄는 파멸이, 너희들과 너희들의 행위에 따라
다닐 것이니, 그 형벌을…… 이 거친 섬에서, 너희
들의 머리 위에 내릴 그 벌을 면할 단 하나의 길은
진심으로 슬퍼하고, 계속 깨끗한 생활을 하는 것밖
에는 없느니라.

에이리엘은 천둥 속으로 사라지고, 고요한 음악과 더불
어 다시 기묘한 형태들이 등장하여, 얼굴을 실룩실룩하면
서 춤을 추다가 식탁을 들고 나가 버린다.

프로스페로   (방백) 너의 그 괴조 역할은 아주 근사했
다. 에이리엘아, 음식을 채가는 그 대목도 참 좋았
다. 하라고 시킨 말도 하나도 빼먹지 않았구나. 그
리고 다른 역들도 씩씩하게 잘 순종하여 역할들을
다해 주었구나. 나의 강력한 마술은 위력을 나타내
어 이 원수들은 모조리 발광 속에 빠지고, 이젠 내
수중에 놓여 있다. 이것들을 이 발광 속에 내버려
두고 난 찾아가 봐야겠다. 익사했다고 다들 생각하
고 있는 젊은 퍼디네인드와 그자의 애인이 된 나
의 귀여운 딸년을. (퇴장)

곤잘로   아니, 왜 그렇게 이상하게 노려보고 계십니까,
전하?

알론조   오, 참 괴상하구나…… 괴상해. 파도는 말을

하여 그 일을 추궁하고, 바람은 그 일을 노래하는
것 같구먼! 그리고 저 엄청나게 드르렁거리는 천
둥은 프로스페로의 이름을 대고, 나의 죄악을 비난
하는 것 같구먼. 그러니 내 아들은 갯바닥 밑에 파
묻혀 버린 거지. 그러니까 측연(測鉛)도 닿지 않는
깊은 곳까지 그 애를 찾아가서, 같이 파묻혀 버리
고 싶구먼. (바다 쪽으로 달려간다)

세바스티안 일 대 일의 악마라면 얼마든지 덤벼들어
라.

안토니오 내가 후원해 드리죠. (세바스티안과 안토니오가
발광한 모습으로 칼을 빼든 채 퇴장)

곤잘로 세 분이 다 실성했나 보다. 크나큰 죄가, 한참
후에 발효하는 독약처럼 이제야 영혼들을 좀먹기
시작하는가 보다. (옆에 있는 일행에게) 여러분들, 나
보다는 수족이 부드러울 테니까, 어서 좀 뒤쫓아가
서 미리 막아 주시오. 저렇게 실성해 가지곤 무슨
일을 저지르실지도 모르니까요.

에이드리언 그럼 따라오시오.(모두 발광한 세 사람을 쫓아
간다)

제 4 막

제 1 장

프로스페로의 동굴 앞.
프로스페로가 퍼디네인드, 미란다와 함께 동굴에서 나
온다.

프로스페로 내가 자네를 너무나 가혹하게 대했는지 모
르지만 그 대가로 내 생명의 삼분의 일을, 아니 내
가 생명을 걸고 살고 있는 딸애를 자네에게 주겠
네. 이 나의 생명이자 보람이었던 딸애를……. 자
네를 괴롭힌 것은 오로지 자네 애정을 시험해 보
자는 것이었네. 자네는 그 시험을 잘 이겨냈어.
자, 이젠 하느님 앞에 맹세하고 나의 이 보배를 선
사하겠네. 여보게 퍼디네인드, 내가 이렇게 자랑하
는 것에 대해 웃지는 말게나. 자네도 차차 알게 되
겠지만, 아무리 칭찬을 해봐도 칭찬이 모자랄 아이
니 말일세.

퍼디네인드 그 말씀을 믿겠습니다. 설사 신탁(神託)이
반증(反證)을 하더라도.

프로스페로 그럼 내 선물로서, 그리고 자네 자신이 그

만한 덕이 있어 획득한 것으로서 내 딸애를 받아
주게. 격식대로 거룩하게 식이 올려지기 전에 그애
의 정조의 띠를 끊는 날이면 하느님은 이 약혼을
익게 할 감로를 내리시기는커녕 오히려 서로 미워
하여 자식도 없을 것이며 보기에도 시커먼 멸시와
불화가 늘어가서 부부의 침방에는 보기 싫은 잡초
만 깔리고, 두 사람이 다 그것을 싫어하게 되고 말
것이네. 그러니 결혼의 여신이 화촉을 밝혀 주실
때까진 조심을 해야 하네.

퍼디네인드　저는 지금 같은 애정을 가지고 평온할 나
날과 좋은 자손과 장수를 바라니만큼 아무리 컴컴
한 굴이나, 아무리 기회가 좋은 장소나, 악마가 할
수 있는 아무리 강한 유혹이 있더라도 절대로 저
의 명예를 사음(邪淫)과 혼동하여 결혼날의 날카
로운 기쁨을 무디게 하지 않겠습니다. 햇님의 말
(馬)이 넘어졌는지, 밤의 신이 하계에 묶여 있는지
기다려지는 날이긴 합니다만.

프로스페로　좋은 말이네. 그럼 앉아서 저애와 얘기를
하게. 이제 저애는 자네의 것이니까. (두 애인은 좀
떨어져 가서 바위 위에 앉는다. 프로스페로가 마의 단장을
올린다) 애, 에이리엘아, 나의 충복 에이리엘!

에이리엘 등장.

에이리엘 무슨 용무십니까, 선생님? 제가 여기 왔습니다.

프로스페로 너와 너의 부하들은 아까 그 일을 잘 처리했다. 한 번 더 그런 일을 시켜야겠는데, 네게 신통력을 주겠으니 가서 부하들을 바로 이곳으로 데려오너라. 어서 데려오너라, 빨리 오도록 해야 한다. 이 젊은 두 남녀에게 내 마술의 환상을 좀 보여 줘야겠으니까. 그건 내 약속인데 그들 둘이 보고 싶어하니 말이야.

에이리엘 당장에 말씀이십니까?

프로스페로 그렇다, 눈 깜박할 사이에.

에이리엘 선생님이 '자, 갔다 오너라'고 말씀도 떨어지기 전에, 채 숨도 두 번 쉬기 전에, 그리고 '음음' 하시기도 전에…… 경쾌하게 뛰면서, 얼굴을 씰룩거리며 이리 오도록 하겠습니다. 그런데 절 좋아하세요 싫어하세요, 선생님?

프로스페로 그야 좋아하지, 귀여운 에이리엘, 부를 때까진 곁에 오지 말아라.

에이리엘 예, 잘 알겠습니다.

프로스페로 (퍼디네인드를 향하여) 약속을 지켜야 하고,

정의의 고삐를 너무 늦춰선 안 되네. 굳고굳은 맹
세도 정열의 불에 비하면 지푸라기와 한 가지니,
한층 더 절제하게, 안 그러면 아까 그 맹세도 헛일
이 되고 마네.

퍼디네인드 염려 마십시오. 제 심장의 차디찬 백설 같
은 동정(童貞)은, 이 욕정의 불을 끄니까요.

프로스페로 음…… 그럼 에이리엘, 나오너라. 하나라
도 부족하기만 하다. 여러 명의 부하들을 데리고
오너라. 어서들 나타나라! (퍼디네인드에게) 입을 다
물고…… 잘 보게나 쉿! (고요한 음악)

가 면 극

주노 여신에게 시종하는 무지개의 정(精) 아이리스가 등장하여 주노 여신의 명을 받고 오곡의 여신 시리즈를 불러낸다.

아이리스 풍요의 여신 시리즈여, 밀·귀리·보리·제비콩·메귀리·완두콩 등이 자라는 그대의 밭이나, 양떼들이 뜯어먹고 사는 풀이 우거진 그대의 산이나 양떼들을 먹일 풀이 무성한 목장이나, 도랑과 이랑이 나고 꽃이 만발한 그대의 둑이나, 차디찬 요정에게 순결한 화환을 만들어 주려고 나긋나긋한 사월달이 그대의 명을 받아 꽃을 만발하게 하는 둑이나, 애인한테 버림받은 총각이 그 그늘을 좋아하는 대싸리 밭이나, 가지를 쳐낸 그대의 포도원이나, 그대가 휴식을 하시곤 하는 바닷가의 메마른 암석을 떠나 이곳으로 나오시라! 하늘의 여왕님께 시종들고, 하늘에 물다리를 놓는 내가 여왕님의 명을 받아 고하노니, 바로 이곳 풀밭으로 나와서 노시라. 여왕님의 수레를 끄는 공작새들은 이리

로 쏜살같이 날고 있습니다. (주노 여신의 수레가 하
늘에서 나타난다) 여신 시리즈여, 어서 나와서 여왕
님을 환대하시라.

　　　시리즈 여신 등장.

시리즈　여보세요, 주노 여왕님의 말씀에 순종하시는
　　　일곱 색의 사자(使者)님이여. 그대의 새파란 날개
　　　로 나의 꽃들 위에 감로같이 상쾌한 소나기를 내
　　　리시며, 파란 무지개다리 하나하나를 숲 속과 산에
　　　박고, 나의 자랑스러운 대지 위에 값진 목도리가
　　　되어 주시는 그대여. 그대 여왕님이 무슨 일로 절
　　　이 푸른 잔디밭에 부르셨나요?

아이리스　진정한 사랑의 서약을 축하해 주고, 축복할
　　　그 두 애인에게 몇 가지 선물을 아낌없이 해주기
　　　위해서랍니다.

시리즈　얘기해 주세요, 하늘의 무지개양반. 당신은 아
　　　실 테지만, 비너스 여신과 그 아들 큐피드는 지금
　　　도 여왕님과 같이 있나요? 이 두 모자는 음침한
　　　염라대왕과 공모하여 저의 딸애를 훔쳐 갔으니, 저
　　　는 비너스와 그 눈 먼 소년 큐피드와의 불명예스
　　　러운 교제는 영영 끊기로 맹세했어요.

아이리스　비너스와 만날 것에 대해 염려하진 마시오. 내가 봤지만 비너스 여신은 구름을 헤치고 자기 고향 페이포스로 떠나는데, 그들 모자는 비둘기 수레를 타고 있었습니다. 처음 이들 모자의 계획은 화촉의 불이 켜지기 전에는 같이 자지 않기로 맹세한 저 두 남녀에게 음탕한 요술을 부리려고 해 보았습니다. 그러나 여의치 않아 군신(軍神)의 정부 비너스는 다시 돌아가고, 그 아들 큐피트 또한 벌침 같은 촉을 한 화살을 분질러 버리곤 맹세하기를 앞으로 활을 버리고 새들하고나 놀며 보통 소년이 되겠다더군요.

시리즈　한없이 높고 높으신 여왕님께서, 위대한 주노 여신님께서 오시네. 걸음걸이로 알 수 있지.

주 노　내 동생 오곡의 여신, 그래 잘 있었는가? 나와 같이 가서 그 두 남녀가 잘 되고, 자식 복 많도록 해주자꾸나.

　　　　노래를 부른다.

주 노　　부귀와 부부의 복과
　　　　　장수와 자식 복 많고
　　　　　날마다 기쁨 있으라!

주노가 축복을 노래하노라.

시리즈 　대지의 생산은 풍부하고

광과 곳간은 가득 차고

포도는 주렁주렁

과목의 가지는 늘어지고

봄철은 늦어도

추수에 이어서 오라!

부족이나 결핍은 오지 말라

시리즈의 축복 받으라.

퍼디네인드 　참 장엄한 환상입니다. 참 아름다운 음악

입니다. 이것들을 정령들이라고 생각해도 좋을까

요?

프로스페로 　정령들일세, 내가 마술로 그 처소에서 불

러내 가지고 지금의 내 생각을 공연하게 한 것이

네.

퍼디네인드 　이곳에서 영주하게 해주십시오. 이처럼 신

통하고 현명한 아버지시니 이곳은 낙원이 되겠습

니다.

　　　주노와 시리즈 속삭이고, 아이리스를 심부름 보낸다.

미란다 　여보세요, 조용히, 주노와 시리즈가 뜻깊은 애기를 속삭이고 있어요.

프로스페로 더 할 일이 있나 보구나. 쉬, 조용히. 안 그러면 내 마술을 망치고 마니까.

아이리스 곱창 같은 개울의 정령들아, 향부자 화환을 쓰고 언제나 순진한 얼굴들을 한 정령들아, 넘나드는 개울물을 버리고, 부름에 응하여 이곳 잔디밭으로 오너라. 주노 여왕님이 부르신다. 순결한 정령들아, 어서 와서 같이들 진정한 사랑의 약속을 축하해 주자꾸나. 늦지 마라. (몇몇의 정령들 등장) 지루한 팔월달의 햇볕에 탄 농부들아, 이랑을 버리고 이곳으로 와서 즐겁게 놀아라. 일손을 멈추고, 밀짚모자를 쓰고 나와 싱싱한 정령들과 손을 맞잡고 시골 춤을 추어라.

　　일꾼 차림을 한 몇 명의 낫질하는 농부들이 등장하여, 정령들과 아름다운 춤을 춘다. 춤이 끝날 무렵에 프로스페로가 깜짝 놀란 태도로 말을 하자, 기묘하고도 공허하고 혼란한 소리와 함께 침울한 분위기에서 모두가 사라진다.

프로스페로 (방백) 짐승 같은 캘리밴과 그 공모자들이 흉악하게도 내 목숨을 노리고 있는데 깜박 잊고 있었구나. 그것들이 타협해 놓은 시간이 가까워 왔구나. (정령들에게) 수고했다. 저리들 가라. 이젠 됐다.

퍼디네인드 이상하시군요. 아버지께선 어쩐지 몹시 흥
분하고 계신 것 같습니다.

미란다 저의 아빠가 저토록 화를 내신 건 오늘 처음
봤어요.

프로스페로 이보게, 자네는 흥분하여 놀란 사람 같네
그려. 이봐, 기운을 내게. 여흥은 끝났어. 우리가
본 배우들은 아까도 말했지만, 모두가 정령인데 이
젠 공기 속으로 사라져 버렸어. 그런데 이 환상 속
에서 보는 가공의 현상처럼 구름을 인 탑도, 찬란
한 대궐도, 장엄한 사원도, 대지 자체도, 아니 지
상의 온갖 것은 죄다 녹아서 이 허망한 광대굿처
럼 사라지고 자국조차 남지 않는단 말이야. 우리의
육체는 꿈과 같은 물질로 돼 있고, 우리의 하찮은
인생 또한 잠으로 둘러싸여 있다네. 이보게, 지금
난 화가 나 있네만, 나의 약점을 용서해 주게. 이
늙은 머리가 괴로워서 그러네. 이 늙은이의 망령을
상관 말아 주게. 괜찮다면 내 암실로 물러가서 쉬
도록 하게. 난 한두 바퀴 돌아서 흥분한 마음을 좀
진정시켜야겠으니.

퍼디네인드, 미란다 (물러가면서) 그럼 안녕히 다녀오세
요.

프로스페로 어서 나오너라. 여봐라, 에이리엘, 어서.

　　　　에이리엘 등장.

에이리엘 명령에 순종하겠습니다. 무슨 분부십니까?

프로스페로 정령아, 우리 캘리밴에 대한 준비를 해야
　　겠다.

에이리엘 예, 선생님. 아까 제가 시리즈 역을 하고 있
　　을 때 그 말씀을 드릴까 했습니다만, 혹시 노여움
　　을 사지나 않을까 해서.

프로스페로 한 번 더 말해 봐라. 그 악당들을 어디다
　　놔두고 왔느냐?

에이리엘 아까도 말씀드렸지만, 그놈들은 만취하여 벌
　　개져 가지고…… 대단한 기세로 얼굴에 불어온다
　　고 바람을 때리고, 발에 닿는다고 땅바닥을 차면서
　　도, 음모는 잊지 않고들 있습니다. 그래서 제가 소
　　고를 치자, 그놈들은 한 번도 사람을 태워 보지 않
　　은 망아지같이 귀를 쫑긋하고 눈꺼풀을 치켜들며,
　　코를 치켜들고 음악을 냄새 맡기라도 할 것 같더
　　군요. 그런데 제가 그놈들에게 마술을 걸어 놔서
　　송아지처럼 음악 소리에 따라 끌려서 가시덤불이
　　니, 가시금작나무니, 가시풀이니, 찔레들 속으로

끌려다니면서 부드러운 정강이를 찔리곤 했습니
다. 끝으로 전 그놈들을 저 건너 더러운 데께가 긴
웅덩이에 내버려 두었습니다만 턱 밑까지 풍풍 빠
지고, 그 더러운 웅덩이에서는 그놈들의 발에서보
다도 더 더러운 냄새가 풀풀 납니다.

프로스페로 거 참 잘 했다. 잘했어. 넌 그대로 남들
눈에는 안 보이도록 해라. 그리고 안에 들어가서
겉보기만 좋은 옷가지를 내오너라. 그 도둑놈들을
꾀어 잡을 덫으로 사용해야겠으니까.

에이리엘 예, 예.

프로스페로 악마 같으니, 타고난 악마라서 뭘 가르쳐
봐도 본성을 고칠 수는 없구나. 자비심을 가지고
돌봐준 내 수고는 죄다 완전한 헛수고가 돼 버리
고, 나이와 함께 육체도 점점 더 보기 싫어 지더
니, 마음속까지 썩는구나! 아우성을 칠 때까지 그
놈들을 죄다 혼내 줘야겠어. (에이리엘이 번쩍번쩍하
는 의복들을 들고 등장) 자, 그 옷을 이 참피나무에
걸어놔라.

　　에이리엘, 그 옷을 나무에 걸어놓는다. 프로스페로와
에이리엘은 등장 인물의 눈에는 보이지 않는다. 캘리밴,
스테파노, 트링큘로, 온통 젖은 채 등장.

캘리밴 제발 눈 없는 두더지 귀에도 안 들리도록 살금
  살금 걸어오십쇼. 이젠 거의 동굴에 다 왔습니다.

스테파노 괴물아, 정령은 아무런 해도 주지 않는다고
  넌 말했지만, 악당 못잖게 우리를 혼내 줬잖았는
  가.

트링큘로 괴물아, 난 전신에서 풍기는 말오줌 지린내
  때문에 이젠 코가 견디지 못할 지경이다.

스테파노 내 코도 그래…… 내 말이 들리나, 괴물아?
  만약 내 비위만 건드려 봐라, 없다, 인마. (주머니
  칼을 뺀다)

트링큘로 네놈이 살 수 있을줄 알았냐?

캘리밴 (엎드려서) 나으리, 제발 그러지 마시고 좀 용
  서해 주십쇼. 제가 이제 굉장한 것을 믿게 해드릴
  테니까유. 그러심 이만한 재앙쯤은 잊혀질 것입네
  다. 그러니 조용조용 말씀하십쇼. 아직도 주위는
  밤중같이 잠잠하잖아유.

트링큘로 원, 우리의 술자루를 웅덩이 속에다 잃어버
  리다니.

스테파노 그건 망신과 치욕이 될 뿐 아니라, 인마, 괴
  물아, 지독한 손실이 아니냐 말이다.

트링큘로 그건 내가 젖은 것보다 더 중대사야. 더구나
  그건 네가 해치지 않는다고 말한 정령의 소행이

아니냐 말이다, 괴물아.

스테파노 술자루를 도로 찾아와야겠어. 귀 밑까지 풍
풍 빠지는 한이 있더라도 말이다.

캘리밴 제발, 임금님, 조용히 해주십쇼. (동굴로 기어
올라가면서) 여기 보이지 않습네까, 동굴 입굽네다.
조용히 하시고, 들어가 보십쇼. 제발 멋들어지게
처리하십쇼. 인제 이 섬은 영원히 나으리네 것이
되고, 이 캘리밴은 언제까지나 나으리네의 부하가
되겠습니다.

스테파노 자, 악수를 하자꾸나. 잔인한 생각에 입맛이
당기기 시작했어.

트링큘로 (참피나무에 걸려 있는 옷옷을 알아보고) 아이고
스테파노 임금님. 아이고 귀하신 양반! (옷을 손에
들면서) 아이고 훌륭하신 스테파노 양반, 이거 참
좋은 의복이 자넬 기다리고 있잖은가.

캘리밴 내버려 둬, 이 멍텅구리 같으니, 그건 시시한
물건이라니까.

트링큘로 어허, 요 괴물 좀 보게나. (옷을 입어 본다) 우
리들은 헌옷과는 낯익은 처지가 아니냐 말이야. 아
이고 스테파노 임금님! (좋아서 팔딱팔딱 뛴다)

스테파노 싹 벗어, 좋지 못해 그 옷. 이 손에 맹세하
지만 그 옷은 내가 입을 테다.

트링큘로 (아까운 듯이 벗어 주면서) 예 예, 벗어서 바치
겠습니다.

캘리밴 물두드러기 속에 빠져 뒈질 멍텅구리좀 보게
나! 그런 시시한 물건에 저렇게 눈이 어두워지다
니, 대관절 어쩌자는 것일까? 어서 가서 우선 살
인을 합시다. 만약에 그놈이 눈만 뜨는 날이면 발
끝부터 머리빡까지 우리의 온몸을 꼬집어서 우릴
뭔지도 모를 물건으로 만들어 버린다니까요.

스테파노 인마, 조용히 하지 못해. 참피나무 님, 이건
내 털조끼가 아닙니까? 조끼는 나무 밑까지 끌어
내려졌는데 적도(赤道) 밑에선 털이 빠지고, 맨숭
이 조끼가 되잖을까.

트링큘로 (떨면서) 그렇고말고! 각하의 의향이시라면,
우린 대낮에라도 도둑질을 하죠.

스테파노 그 농담 고마우이. 상으로 이 옷 한 벌을 줌
세. 내가 이 섬의 왕인 동안은 영리한 자에게는 반
드시 상을 줄 테요. '대낮 밑에서 도둑질을 한다'
거 참 묘답이구먼. 자, 상으로 하나 더 받게나.

트링큘로 여 괴물아, 네 손까락에 끈끈이를 묻혀 가지
고 와서 저기 저 나머지 옷들도 끌어내려라.

캘리밴 난 그런 거 필요없어. 이렇게 말썽내고 있다
간, 우린 죄 바보 기러기나 이마가 오종종하고 흉

악한 원숭이가 되고 말겠네.

스테파노 괴물아, 손을 좀 빌려줘. 그리고 이걸 내 술
통이 있는 곳까지 좀 지고 같이 가자. 안 지고 가
겠다면 내 왕국에서 쫓아 내겠다. 자, 어서 지고
가자니까.

트링큘로 이것도.

스테파노 아, 이것도. (두 사람 캘리밴에게 짐을 지운다)

사냥개 소리. 사냥개로 둔갑한 여러 정령들이 등장하여
세 사람에게 달려든다. 프로스페로와 에이리엘이 사냥개들
이름을 부르면서 달려들게 하고 있다.

프로스페로 야, 마운텐아, 달려들어!

에이리엘 실버야, 거기다 실버야!

프로스페로 푸어리, 푸어리야, 저기다. 타이런트야,
저기다. 식, 식! (세 사람이 개한테 물려서 퇴장한다)
너 가서 내 정령들 보고 저놈들 뼈의 마디마디를
냅다 갈아서 쥐가 내리게 하고 힘줄을 잡아당겨서
늙은이같이 얼룩 이상으로 멍이 들도록 꼬집어 놓
게 하라고 일러라.

에이리엘 이크, 저렇게 아우성을 치고 있는데요.

프로스페로 완전히 몰아 쫓도록 놔두어라. 이제는 내
원수들이 죄다 내 수중에 있구나. 그리고 너도 어

디에고 마음대로 갈 수 있게 된다. 조금만 더 내
곁에서 일을 봐 다오. (퇴장)

제 5 막

제1장

프로스페로의 동굴 앞.
프로스페로와 에이리엘이 동굴에 들어갔다가 잠시 후에
나온다. 프로스페로는 마법의 옷으로 갈아입고 있다.

프로스페로　내 계획은 차차 익어가고 있구나. 마법은
깨지지 않고, 정령들은 잘 복종하며 시간은 짐을
짊어지고서도 똑바로 가는구나. 지금 몇 시쯤이
냐?

에이리엘　여섯 시쯤이에요. 여섯 시에 일이 다 끝난다
고 말씀하셨어요.

프로스페로　음 그렇다고 했지, 그건 처음 태풍을 일으
켰을 때 얘기야. 그런데 정령아, 그 시종들은 지금
어찌 되었느냐?

에이리엘　말씀하신 대로 그 장소에다 한 군데에 가두
어 모아놓았습니다. 다른 포로같이 동굴의 바람막
이를 하는 참피나무 숲 속에 모아놓았습니다. 선생
님께서 놓아 주시기 전에는 꼼짝도 못합니다. 왕과
왕의 동생과 선생님의 동생은 셋이 다 실성해 있

고, 그밖의 사람들은 이 세 분네를 슬퍼하여, 허둥
지둥 한탄하고 있을 뿐입니다. 그러나 그 중에도
'착한 노인 곤잘로'라고 선생님께서 말씀하신 분네
는 수염에서 초가집 처마의 고드름 같은 눈물을
흘리고 있습니다. 선생님의 마법이 어찌나 효력이
센지요. 지금 눈앞에 보이신다면 선생님의 감정도
누그러지실 것입니다.

프로스페로 정령아, 그래 너도 그렇게 생각하니?

에이리엘 예, 저도 인간이라면 그렇게 생각할 거예요.

프로스페로 내 감정 역시…… 그럴 게다. 공기에 불과
한 너까지 그자들의 고통을 동정하는데, 같은 인간
의 한 사람으로서, 그자들에 못지않게 감정도 날카
롭고 또 희로애락도 아는 내가 너보다도 동정심이
못할 리 있겠느냐? 그자들의 흉악한 비행(非行)이
내 골수에 사무치기는 하지만, 나는 고상한 이성에
따라 분노를 누르고 있던 참이다. 자비야말로 고귀
한 행위라 하겠다. 그자들이 뉘우치고 있다면, 더
더구나 내 그것을 더 이상 책망할 마음은 조금도
없다. 얘, 가서 석방해 줘라. 나도 그만 주문을 풀
어서 그자들의 정신을 회복시켜 주고, 보통 사람들
같이 되게 해놓겠다.

에이리엘 그럼 이곳으로 데리고 오겠습니다. (퇴장)

프로스페로 (마의 단장으로 원을 그리면서) 언덕과 개울의 출구 없는 못과 숲의 정령들아, 모래밭에 발자국도 안 남기고 썰물을 좇고 밀물에 도망치는 정령들아, 양도 먹지 않는 시디신 초록빛 동그라미를 달밤에 만들어 놓는 허깨비들아, 그리고 밤에는 버섯들을 만들고 즐거워하며 엄숙한 소등(消燈)의 종소리를 듣고 흥겨워하는 자들아! 미력한 너희들이기는 하지만 나는 너희들의 힘을 빌려서 대낮의 태양을 흐리게 하고, 엄청난 바람을 불러내서 푸른 바다와 창공 사이에 으르렁대는 전쟁을 일으키고, 무섭게 으르렁대는 뇌성에 불을 주어 조우브 신의 건장한 떡갈나무를 그 신 자신의 번갯불로 쪼개내고, 바닥이 튼튼한 곶[岬]을 흔들어서 소나무·참나무를 뿌리째 뽑아 놓곤 해왔지……. 무덤도 내 명령에, 그 속에 잠자는 자를 일으켜 깨우고 입을 벌려 내 마술에 시체를 토해 놓았었지. 그러나 이 맹렬한 마술을 이제는 그만 포기하겠다. 그리고 지금 바로 필요하지만…… 어떤 신성한 음악을 연주시켜서 (마의 단장을 올린다) 음악의 작용으로 내 원수들의 정신을 회복시켜 주고 나서 마의 단장을 분질러서 땅 속 깊이 파묻고 마술 서적은 측연도 닿지 않는 깊은 바닷속에 묻어버리겠다. (장엄한 음악)

　　에이리엘 등장. 그 뒤에 곤잘로가 광란한 알론조를 모
시고 등장. 이어 에이드리언과 프란시스코가 역시 광란한
세바스티안과 안토니오를 모시고 등장. 이들은 죄다 프로
스페로가 만들어 놓은 원 안에서 주문에 걸린 채 서 있다.
프로스페로는 이 광경을 보면서 다시 말을 계속한다. 먼저
알론조에게.

프로스페로　　광란한 마음에는 가장 좋은 위로가 되는
　　장엄한 음악에 그대의 뇌수가 회복되기 바라노라,
　　두개골 속에서 지금 쓸데없이 뒤끓고 있는 뇌수
　　가! 그대는 거기 선 채 주문에 걸려 있노라. 성군
　　자(聖君子) 곤잘로여, 자네 눈물에 공명하여 내 눈
　　에도 동정의 눈물이 엉키네그려. 주문은 지금 신속
　　히 물러가고 있어. 그리고 아침빛이 살금살금 밤한
　　테 스며 와서 암흑을 녹여 버리듯이, 이자들의 감
　　각은 회복되기 시작하고 명철한 이성을 덮고 있는
　　몽매한 구름들은 차차 몰아내고 있는 중이라네. 내
　　생명의 은인이며, 왕에게 충신인 곤잘로여, 자네의
　　은혜는 말로만이 아니라 실천으로 갚겠네. 알론조
　　여, 그대는 나와 내 딸에게 너무도 심한 짓을 했
　　지. 그대의 아우는 그 악행의 방조자였어. 세바스
　　티안, 바로 그 일 때문에 자네는 지금 양심의 가책
　　을 받고 있는 거야. 나와 혈육을 나눈 동생아, 너

는 야욕을 품고 자비와 인정을 버렸고……. 또한
세바스티안과 공모하여, 이 때문에 세바스티안은
한층 더 양심의 가책을 받고 있는 실정이지만, 자
기네 왕을 살해하려고 하지 않았던가! 불륜의 아
우이기는 하지만 널 용서해 주겠다. 다들 차차 이
성을 회복해 가는구나. 이대로 가면 지금은 흐리고
탁한 마음의 둑이나 이성의 밀물이 이내 가득 차
게 되겠지. 이 중 한 사람도 아직 나를 보지 못하
는구나. 그야, 봐도 알아보지 못할 테지. 에이리엘
아, 암실에 가서 내 모자와 칼을 가지고 오너라.
(에이리엘이 동굴 속으로 훨훨 날아 들어간다) 인제 이
마술의 옷은 벗고 밀런 공작 시절의 차림으로 나
타나겠다. 빨리 해, 정령아. 이제 곧 넌 자유, 해
방을 시켜 줄 테니.

에이리엘이 노래하며 주인의 옷을 한아름 안고 등장.

에이리엘 (노래)

　벌과 함께 꽃의 꿀을 빨아먹는다
　꽃송이 속에 자리잡고
　누워서, 올빼미 소리를 듣는다
　박쥐 등에 걸터타고

즐겁게 여름을 따라간다
즐겁게, 즐겁게 살아가자꾸나
가지에 늘어진 꽃 밑에서.

프로스페로 음, 귀엽다, 에이리엘. 네가 없으면 아쉬
울 테지만 그래도 이제 널 해방시켜 주마. 음 그
래, 그래…… (에이리엘이 부축해서 옷을 입혀 준다)
그렇게 남의 눈에는 보이지 않은 채, 왕의 배로 가
봐라. 선원들은 갑판 밑에서 자고 있을 거다. 선장
과 수부장은 막 눈을 떴을 거니까 이곳으로 데리
고 오도록 해라. 자, 어서.

에이리엘 바람을 일으키며 날아가서 선생님의 맥박이
두 번도 뛰기 전에 금방 돌아오겠습니다. (퇴장)

곤잘로 이 섬에는 온갖 고뇌와 고통과 기적과 경탄이
있는 듯싶구나. 오! 하늘의 힘이시여, 이 무서운
나라에서 우리를 구해내 주옵소서.

프로스페로 왕이여, 학대당한 밀런 공작 프로스페로를
보시오. 넋이 아닌 내가 말을 걸고 있다는 확실한
증거로 옥체를 안고, 악과 일행을 진심으로 환영하
겠소.

알론조 당신이 과연 그분인지 아닌지, 또는 아까처럼
나를 혼내 주려고 무슨 요술을 걸고 있는 것인지

나는 모르겠소만, 당신의 맥박은 틀림없이 인간의
맥박이구려. 그런데 당신을 만난 후 내 마음의 고
뇌는 누그러졌소. 실은 내가 실성한 것도 그 고뇌
때문이 아니었을까요? 여기에는 이게 생시라면,
어지간히 기묘한 내력이 숨어 있어야 할 것 같소.
당신의 공국(公國)은 도로 돌려드리겠소. 나의 죄
를 용서해 주시기 바라오. 그러나 프로스페로가 생
존하여 여기 있게 된 것은 어찌 된 영문이오?

프로스페로 (곤잘로를 안으면서) 옛 친구여, 먼저 노체를
한 번 안아 봅시다. 한없이 덕이 높은 옛친구요.

곤잘로 이게 생신지 꿈인지 분간할 수 없구려.

프로스페로 아직도 이 섬의 환상에서 벗어나지 못하고
있어서, 확실한 일들도 믿지 않는구려. 그러나 다
잘 왔소. (세바스티안과 안토니오에게 방백) 그러나 너
희 두 사람은 내 생각 여하에 따라선 즉석에서 왕
의 노염을 사게 하여 역적으로 내세울 수 있는 일
이다. 지금은 예기하지 않겠다.

세바스티안 (안토니오에게 방백) 저건 악마의 말이 아닌
가?

프로스페로 그런데 너(안토니오에게)는 내 입이 더러워
질까 봐 아우라고 부를 수조차 없을 만큼 극악 무
도하지만, 너의 흉악한 죄과는 죄다 용서해 주겠

　　다. 내 요구는 공국이다. 그것은 부득이 도로 찾아
　　야겠다.

알론조　당신이 프로스페로라면, 이렇게 생존하게 된
　　경위를 얘기해 주시오. 어떻게 이곳에서 우리를 만
　　나게 되었소? 세 시간 전만 해도 우리는 이 바닷
　　가에 난파를 당하여 이곳에서 불행히도…… 생각
　　만 해도 가슴이 아픕니다만…… 내 아들 퍼디네인
　　드를 잃었소이다.

프로스페로　참 안 되셨습니다.

알론조　회복할 수 없는 불행이고 보니 인내를 가지고
　　도 어찌할 수 없구려.

프로스페로　아니, 인내의 도움을 찾지 않고 계시는가
　　본데요. 나도 그와 같은 불행에 대하여 상당한 인
　　내와 지고한 조력을 얻어 자위를 하고 있습니다.

알론조　나와 같은 불행이라고요?

프로스페로　양(量)도 같고 때도 최근이오. 그런데 내
　　가 이 큰 불행을 참기 위한 수단인즉, 전하께서 자
　　위하기 위하여 불러내실 그것보다는 훨씬 더 미미
　　합니다. 글쎄 나는 딸애를 잃어버렸으니까요.

알론조　따님을? 오, 두 사람이 살아서 나폴리의 왕과
　　왕후가 돼줬으면 좋겠는데! 그렇게만 된다면 내
　　자신이 아들대신 저 바다 밑 진흙 속에 파묻혀도

좋을 것을! 그래 따님을 언제 잃으셨소.

프로스페로 아까 그 태풍으로⋯⋯ 보아하니 이렇게 만
난 것에 몹시 놀라서 이성을 잃고, 자기네 눈의 진
정한 작용조차 의심하는 모양인데 이 말은 분명
살아 있는 인간의 말이오. 여러분이 어느 정도 자
기 정신에서 빗나가 있는진 몰라도 나는 프로스페
로가 틀림없소. 참 기묘한 일이지만 나는 여러분이
난파당한 그 바닷가에 상륙하여 이 섬의 주인이
되어 있었소. 이젠 그만해 둡시다. 이 얘기는 두고
두고 할 연대기와 같아서, 아침식사 때의 화제도
아니요, 이렇게 만나자마자 할 얘기로는 적절치 않
으니까요. (동굴의 막을 걷어올리면서 알론조에게) 자,
들어갑시다. 이 암실이 내 궁전이랄까요. 이 안에
몇몇의 시종이 있을 뿐 바깥에는 부하가 한 명도
없습니다. 자, 들어가 보십시오. 내 영토를 도로
돌려 주셨으니까, 나도 그만한 보답을 하겠습니다.
적어도 기적을 보여 드리고, 공국을 도로 찾은 나
에 못지 않을 만큼 만족시켜 드리겠습니다.

　　　여기서 프로스페로는 장기를 두고 있는 퍼디네인드와
　　미란다를 보여 준다.

미란다 어머, 그렇게 눈 감고 아웅하심 싫어.

퍼디네인드 아니야, 정말이야, 천하를 얻는대도 그런
  짓은 안 한다니까.

미란다 하지만 수십의 왕국을 얻을 일이라면 분투를
  하셔야죠. 그땐 저도 상관 안할 테니까요.

알론조 이것 또한 이 섬의 환상으로 그친다면, 난 귀
  한 아들을 두 번 잃은 셈이 되지 않겠는가.

세바스티안 참으로 기묘한 기적이구려!

퍼디네인드 위협을 당했어도 바다는 참으로 인자하구
  나. 알고 보니 괜히 바다를 저주하고 있었구려.
  (아버지 앞에 무릎을 꿇는다)

알론조 (아들을 껴안으며) 기뻐하는 아버지의 축복이,
  네 몸을 감싸 주기 바란다. 자 일어서라. 그리고
  어떻게 이곳에 왔는지 얘기해 봐라.

미란다 어머나, 신기해라! 이렇게 많은 훌륭한 분네들
  이 이곳에 다 있네! 인간이란 참 아름답기도 하
  군! 오, 굉장한 새 세계 좀 보게, 이렇게 사람들이
  많이 살고 있다니!

프로스페로 (슬픈 듯이 미소지으면서) 네게는 새 세계다.

알론조 네가 같이 놀고 있는 이 처녀는 대체 누구냐?
  사귄 지는 아무리 길어도 세 시간밖에 되지 않을
  텐데. 우리를 떼어놓았다 다시 만나게 해준 여신이
  아니냐?

퍼디네인드 아버지, 이 여인은 인간이랍니다. 그러나 신의 뜻에 의하여 제것이 되었습니다. 제가 이 여자를 택할 때는 아버님의 양해도 구하지 못했습니다. 아니 아버님 살아계신 것도 몰랐습니다. 이 여인은 이 유명한 밀런 공작님의 따님인데, 공작님의 명성을 저도 듣기는 했으나 이렇게 만나 본 것은 처음입니다. 공작님 덕분에 저는 다시 생명을 얻고 공작님은 이 여인으로 인해 저의 제2의 아버지가 된 것입니다.

알론조 그럼 나는 이 여인의 제2의 아버지겠구나! 그러나 아, 이상하게 들리겠지만 (미란다를 보고) 아가, 날 용서해 다오.

프로스페로 그러지 마십시오. 과거의 슬픔을 가지고 마음을 괴롭히지 맙시다.

곤잘로 저는 속으로 울고 있어서, 그만 말이 나올 뻔했습니다. 신들이시여, 여기 아래를 내려다보시고, 이 두 남녀의 머리에 행복한 관을 씌워 주시옵소서. 저희들을 이곳까지 인도하신 신들이시여.

알론조 '아맨!' 나도 그렇게 비오, 곤잘로.

프로스페로 밀런 공작이 밀런에서 추방당한 것은 그 자손들이 나폴리의 왕이 되기 위함이었던가요? 오, 보통의 기쁨 이상으로 기뻐들 하십시오. 그리

고 황금의 글자로 영구한 기둥에다 이렇게 새겨
둡시다. '단 한 번의 항해로 클레러벨 공주는 튜니
스에서 낭군을 얻고 그 오빠 퍼디네인드 왕자는
난파당한 곳에서 아내를 발견하고. 프로스페로 공
작은 하찮은 섬에서 영토를 되찾고 우리 일행은
다 제정신들을 잃었다가 다시 회복했노라'라고.

알론조 (퍼디네인드와 미란다에게) 자, 손을 이리 다오.
너희들의 행복을 바라지 않는 가슴속에는 항상 고
민과 비탄이 뭉쳐 있으리라.

곤잘로 아무렴요, 아멘. (에이리엘 등장. 그 뒤를 선장과
수부장이 멍하니 따라 들어온다) 아이고, 저것 보십시
오. 우리 동행이 여기 또 오는구려. 내가 예언하지
않았습니까, 교수대가 육지에 있는 한은 (수부장을
보고) 저 작자는 익사할 운명은 아니라니까요. 여,
욕설쟁이 같으니, 아까는 마구 욕을 퍼붓고 은총을
배 밖으로 내던지곤 하더니, 육지에 올라오니 할
욕이 없나? 그래 무슨 소식은 있나?

수부장 가장 좋은 소식은 임금님과 여러분이 이렇게
무사하신 일입네다. 다음은 세 시간 전까지도 파괴
된 줄로만 알고 있던 우리 배가, 처음 출항할 때나
다름없이 튼튼하고 활기 있고 장비도 아주 완전합
니다.

에이리엘 (프로스페로의 귀에 대고) 그건 다 제가 가서 해놓은 일입니다.

프로스페로 넌 참 영리한 정령이야.

알론조 이건 정말 심상치 않은 일이오. 점점 더 이상해져만 가는구려. 그래, 너희들은 어떻게 이곳에 왔나?

수부장 제가 완전히 생시라는 자신이 선다면 경위를 말씀드려도 좋습니다만…… 아무튼 저희들은 죽은 듯이 잠이 들어 가지고, 글쎄 그 까닭은 전혀 알 수 없습니다만, 죄다 갑판 밑에 처넣어져 있다가 으르렁대는 소리며, 비명이며, 짖는 소리며, 쇠사슬이 부딪치는 소리며, 갖가지 기묘한 소리와 이 밖의 여러 가지 무서운 소리에 이제 막 잠에서 깨어나 보니…… 몸은 단박 자유스러워졌습니다. 그래서 보니 훌륭하고 당당한 어선(御船)은 산뜻한 위풍을 갖추고 있잖겠어요? 선장은 그것을 보고 뛰며 좋아했답니다. 그런데 별안간 글쎄, 꿈결같이 저희는 일행과 헤어지게 되어 멍하니 이리로 오게 된 것입니다.

에이리엘 제 솜씨가 그만이죠?

프로스페로 음, 잘 했다, 잘 했어. 인제 곧 해방시켜 주마.

알론조 일찍이 사람이 밟아 보지 못한 이상한 미궁 같
다고나 할까. 이번 일은 자연의 힘을 가지고는 풀
수 없는 것 같구려. 이번의 경험은 신탁(神託)이라
도 있어야만 확인될 것 같구려.

프로스페로 전하, 이번의 이상한 일로 흥분해 가지고
고민하지 마십시오. 머지않아 적당한 틈을 타서 사
건의 경위를 납득이 되시도록 죄다 해명해 드리겠
습니다. 그때까진 만사 잘 됐느니라고만 생각해 두
십시오. (에이리엘에게) 이리 오너라 정령아, 캘리밴
과 일당을 석방시켜 주고 주문도 풀어 주어라. (에
이리엘 퇴장) 전하, 어떻습니까. 기억이 없으시겠지
만 일행 중 몇몇 시시한 친구들이 아직 보이지 않
습니다만.

도둑질을 한 옷을 입은 캘리밴과 스테파노, 그리고 트
링큘로를 에이리엘이 몰고 등장.

스테파노 사람은 다 남의 일에 애를 써야 돼. 자기 일
에만 관심을 둬서는 안 되지. 글쎄, 죄다 팔자 소
관이니 말이야. 자, 기운을 내! 기운을! 이 괴물
아!

트링큘로 내 머리에 달린 눈이 신용할 만하다면, 거

참 굉장한 것이 보이는데.

캘리밴 아이고, 굉장한 정령들이구먼. 우리네 저 훌륭
한 차림 좀 보게! 혹시나 날 혼내 주려는 건 아닐
까?

세바스티안 하하! 대체 무엇들일까요? 안토니오 대감,
돈으로 살 수 있는 물건들일까요?

안토니오 살 수 있는 물건들 같은데요. 하나는 생선이
아닌가요. 그러니까 시장에 가면 살 수 있고말고
요.

프로스페로 여러분은 저것들의 차림만 보셔도 그 위인
을 아실 것입니다. 이 병신은 그 어미가 마녀인데
그 마술이 어떻게나 강력하든지, 달을 좌우하여 조
수의 간만을 마음대로 하고, 달의 실력 이상으로
달을 조종할 정도였답니다. 이 세 사람이 내 물건
을 도둑질해 간 것이오. 그리고 이 반 악마는……
악마의 사생아입니다만…… 두 사람과 공모하여
내 생명을 노렸던 것이오. 저 두 사람은 여러분도
알아보시면 알겠지만 여러분의 부하입니다. 이쪽
암흑의 씨는 내 하인이고요.

캘리밴 이제 죽을 지경으로 꼬집어 뜯길 판인가 보다.

알론조 아니, 스테파노가 아니냐, 대주가의 요리장인?

세바스티안 저렇게 술에 취해 있는데, 대관절 술이 어

디서 났을까요?

알론조 트링큘로도 만취해 가지고 비틀비틀하는구나. 도대체 이 불로장수의 술이 어디서 나서 저렇게들 빨개졌을까? 대체 너는 어째 그리 술독에 빠졌다 나온 사람 같으냐?

트링큘로 전 요전에 뵌 이후로 쭉 간장독에 빠져 가지 고 소금이 뼈에 배어 영영 씻어질 것 같지 않는뎁 쇼. 덕분에 쉬가 슬 걱정은 없습네다만. (이때 스테 파노가 신음한다)

세바스티안 아니, 스테파노가 왜 저래?

스테파노 아이고 제게 손을 대지 맙쇼. 전, 전 스테파 노가 아니고, 쥐가 내린 살덩어리니까요.

프로스페로 그래, 네가 이 섬의 왕이 되겠다고, 인마?

스테파노 왕이 됐더라면 무서운 왕이 됐겠죠.

알론조 (캘리밴을 가리키면서) 참, 여태까지 보지 못한 기묘한 것이로구나.

프로스페로 병신, 고운 데 없다고 마음씨도 비뚤어진 녀석입니다. (캘리밴에게) 내 암실로 가봐. 일당도 같이 데리고 내 용서를 얻으려거든 암실이나 말끔 히 청소를 해놔.

캘리밴 예, 그렇게 하겠습니다. 이제부터는 정신 바짝 차리고 용서를 바라겠습네다. 나도 참 어지간히 멍텅구리였습죠. 저런 주정뱅이를 다 신인 줄 알다니! 저런 멍텅구리 녀석을 다 숭배하다니.

프로스페로 그만 가봐.

알론조 그럼 그 옷일랑은 제자리에 갖다놓고 와요.

스테파노 도둑질해낸 곳에다 말씀입죠. (캘리밴, 스테파노, 트링큘로, 어슬렁어슬렁 퇴장)

프로스페로 전하, 그럼 전하와 일행은, 누추합니다만 제 동굴로 모시겠습니다. 그곳에서 오늘밤은 쉬십시오. 그때 좀 틈을 타서 얘기해 드리겠습니다. 그리고 내일 아침에는 어선으로 안내하여, 나폴리로 돌아가시게 하겠는데, 그곳에서 저는 저 두 애들의 결혼식 전에 참석하겠습니다. 그리고 다시 고향 밀런으로 은퇴하여, 오직 무덤에 들어갈 준비나 하겠습니다.

알론조 나는 공작의 신상 얘기를 무척 듣고 싶소. 이상하게 내 귀는 그 얘기에 사로잡히는 것만 같구려.

프로스페로 죄다 얘기해 드리겠습니다. 그리고 또 잔잔한 바다와 순풍에다 배는 빠르고, 멀리 가 있는 다른 배들을 따라잡게 해드리겠습니다. 애…… 에이리엘아, 너 그렇게 해야 한다. 그러고 나서 공중에 해방되어 잘 지내라! (모두에게 절을 하면서) 자,

이리로 오십시오.

모두 동굴로 들어가고, 그 뒤에 막이 내린다.

끝 말

프로스페로가 등장하여 말한다.

프로스페로   이제 저의 비술(秘術)은 무너지고
제 자신의 힘만 남았으나 극히 미미합니다
이제는 저를 이 섬에 유폐하든지,
나폴리로 보내 주든지
마음대로 하십시오
그러나 나라를 회복하고
사기꾼을 용서해 준 이 섬
이 아무것도 없는 섬에서 해방을 주시고
여러분의 갈채로써
저를 그만 놔주십시오
여러분의 숨이 나의 돛을
부풀게 해주지 않으심
즐겁게 해드리려던 제 계획은
어긋나고 맙니다.
이제 저는 부릴 정령도 없고, 술(術)도 없고……
기도로 구원되지 않는다면

이몸은 절망입니다
기도는 자비를 움직여서
온갖 죄를 용서하기 마련이오니……
여러분도 죄에서 용서받고 싶으시다면
관대하게 저를 해방시켜 주옵소서

자 료 편

셰익스피어의 희극

행위는 등장 인물의 내부에서부터 발생하는 데 비해 플롯은 작자가 외부에서 부여하는 것이다. 개인을 중심으로 하는 행위의 추구는 비극의 성립 조건이며 복수의 등장 인물을 움직이는 교묘한 플롯은 희극의 필수 조건이다. 비극에서는 가공할 신 앞에 직면하고, 악은 미지의 불가사의한 세계로부터 지상으로 스며나오는 데 대하여 희극에서의 인물은 사회적인 존재요, 악은 주위 환경에서 초래되는 인간적인 것이다. 비극에서는 우리의 경탄심을 자아내고 주인공의 내적 갈등에 집중되는 제재(題材)가 흥미의 초점이 되며 희극에서의 개인은 군상(群像) 속에 흐려진다. 희극은 본질적으로 짜임새 있는 극이라야 하며 보다 기교적이어야 한다.

영국의 중세극은 기교면에서는 아주 유치했으나 희극적 성격이 전혀 없지는 않았다. 도덕극의 악역 등은 싱싱한 희극적 생명에 넘쳐흘러, 엘리자베스 시대에 들어서자 충분히 기세를 발휘하여 유명한 폴스태프도 그 홀

룽한 후예로 간주되고 있다.

그러나 중세극에는 희극이 없었다. 엘리자베스 시대
의 극작가들은 희극의 전형을 로마 희극에서 찾았다.
로마 극은 연극적으로는 그리스 극보다 훨씬 뒤떨어졌
지만, 무대적인 기교면에서는 놀랄 만큼 발전되어 있었
다. 셰익스피어는 훌륭한 희극 작가이기도 하였으므로,
젊은 셰익스피어가 극작술을 로마 희극에서 습득한 것
은 당연한 일이라 하겠다.

최초의 희극이라고 하는 〈착오 희극(The Comedy
of Errors)〉 (1592~1593)은 플로터스의 어떤 희극
을 거의 번안한 것이었다.

주인과 하인의 두 쌍둥이가 서로 상대방을 알지 못한
채 같은 거리에서 만난다는 설정부터가 있을 수 없는
일로 순전히 익살극이며, 이후의 희극과도 별관계가 없
다. 그러나 익살극 치고는 한 가지 고려해야 할 점이
있다. 이 쾌활한 광대 희극의 바로 첫머리에 '사형 선고'
라는 말이 나온다. 불행한 이지언이 그의 슬픈 생애를
진술하고 사형을 논고받는 제1막 제1장은 참으로 충격
적이다. 전체 분위기는 쾌활하면서도 그와 같은 심각한
정서는 전편에 감돌고 있는 것같다. 대개 익살극이라고
하면 인위적인 어리석음의 영역에 머물러야 하는데, 이
광대극은 개막 초에 사형이 강조되고 죽은 줄로만 알고

있던 이밀리어를 찾게 됨으로써 우리는 극중 인물들을 실제 인물로 착각할 정도이다. 주인 쌍둥이의 개성은 거의 차이가 없으나 하인 쌍둥이의 한쪽은 실제보다 다소 엉뚱하게 재치있어 보이는가 하면, 다른 쪽은 다소 우둔한 듯하다. 말괄량이와 민감한 처녀인 두 자매에 대해서도 우리는 실제 이상으로 공감하게 된다. 낭만과 현실의 분위기는 잠시나마 창녀까지도 훌륭한 여인으로 보이게 한다. 천박하고 조야(粗野)한 대로 이 극은 장차의 발전을 약속하고 있는 것이다.

아무튼 고전 희극을 본뜬 작품답게 삼일치(三一致)의 법칙을 어느 정도 지키고 있을 뿐더러, 소극(笑劇)답게 신소리가 연발되고, 동작도 활발하다. 동시에 다른 초기의 희극들과 더불어 소극다운 웃음 속에도 희극의 영역에서 근대적 로맨스를 중세적 로맨스로 대치하여, 제2기의 낭만 희극을 암시한 듯하다. 헤어졌던 가족들이 다시 만나게 되는 주제 또한 말기 낭만극의 싹이다.

다음의 희극 〈말괄량이 길들이기(The Taming of the Shrew)〉(1593~1594) 역시 소극다운 환경 때문에 비교적 생기를 발산한다고 볼 수 있다. 그러나 이 극이 순전히 소극에 불과한 것일까? 사실 종래 여러 배우들과 연출자들이 소극적인 면을 너무나 강조해 왔지만 본질을 자세히 검토해 보면 원초적이나마 순수한 희극 형태를 지닌 작품이라 하겠다. 소극의 플롯과는 달리 이 극의 플롯은 현실과는 전혀 무관한 가공적인 것이 아닐 뿐더러, 캐터리너와 페트루치오의 성격은 신파적인 가면 너머에 연극적인 것을 지니고 있다. 페트루치오는 한낱 보기 흉한 야만인은 아니다. 그는 괴팍하지만 신사이며, 젊은 셰익스피어가 흥미를 느낀 최초의 소박한 성격 묘사인 것이다. 캐터리너 또한 외관과 실제에 있어서 연극적 처리의 최초의 소산이라 하겠다. 그녀는 자기가 무척 영리하다고 자부하고 있고, 온순한 여동생에 대한 멸시감이 강한 나머지, 제자신에게 돌아오는 해악을 알 수는 없어도 타인에게 미치는 자기의 인상을 어렴풋하게나마 알고 있다. 그러나 그녀는 천성이 지독한 악녀가 아니라 그저 왈가닥을 가장한 것일 뿐이었다. 이것은 소극적인 환경이 아니라 희극적인 환경이다. 이 점이 곧 성격상에서가 아니라 태도상에서의 내적 변화를 극작가에게 허용하는 것이다. 그녀는 야비한 남편한테 욕을 보는 아내가 아니다. 그녀의 눈에서는 사랑의 빛이 번뜩이고 음성에는 음악이 감돈다. 참으로 즐거운 아내로 변용한다. 그녀의 마지막 대사는 풍자적인 거짓말이 아니라 새 행복을 발견한 근대적 여성의 입에서 우러나오는 진실의 토로라 하겠다.

　사랑과 우정을 기본 주제로 하는 〈베로나의 두 신사

(The Two Gentlemen of Verona)〉(1594~1595)를 제작할 무렵부터 이른바 셰익스피어의 이중 영상은 그의 극에서 여러 가지 형태로 구현되기 시작한다. 그 하나는 모든 관점에서 관찰되지만 사랑의 어리석음과 부지구성(不持久性)을 인지함으로써 절제되는 사람의 초연력(超然力)이요, 다른 하나는 이상(理想)의 인식이며, 이는 경험 이상의 분석을 항시 우리에게 강요하는 상식으로써 가감되는 인식이다.

바꾸어 말하면, 〈베로나의 두 신사〉 이후의 희극에는 인간의 인습과 비현실적인 몽환(夢幻)에 다 같이 반대하는 자연율(自然律)을 명백히 인지하고 있는 것이다. 정열이 온갖 사려를 압도하는 실정과 여성의 관점을 보여 줌으로써 이 극은 지금까지와는 다른 영역을 보여 준다. 프로티어스는 우정을 배신하지만, 배신할 수밖에 없는 사정을 알고 배신당하는 상대방조차도 용납한다. 순결과 타인에 의한 소유는 휴지(休止) 상태의 정열을 자극시킨다는 사실을 우리는 알고 있다. 이것이 이 극의 일부 주제이기도 하지만, 줄리아는 색다른 요소를 가져다 준다. 셰익스피어의 여성 중에 최초로 남장을 하는 그녀는 신파적이 아닌 연극적 인물로 발전하며 이 희극이 무력해짐을 막는다. 그녀는 뭐라고 설명하기 어려운 사랑의 힘을 발산하며, 현실 세계를 가져다 주고,

따라서 그녀가 등장하면 극의 진행은 활기를 띤다. 그 뿐 아니라 그녀의 매력은 자기의 현실적인 궤도 안에서 남들을 포용한다.

이 희극에서 한 가지 더 지나치지 못할 점은, 셰익스 피어는 어렴풋하기는 하지만 어릿광대 하인인 란스와 스피드를 통하여 사랑의 어리석음을 경고한다. 밸런타 인의 행동에 대한 스피드의 거칠고도 풍자적인 묘사며 '훌륭한 애인(a notable lover)'을 '지독한 바보(a notable lubber)'로 뒤집는 란스의 솜씨는 낭만적 영 역에 상식적 정신이 침입한 것이라 하겠다.

그러나 〈베로나의 두 신사〉에서는 당대의 우정관이 실질적으로 파괴되지는 않고 우정의 추태를 암시하고 있 을 뿐임에 대하여 〈사랑의 헛수고(Lover's Labour's Lost)〉(1594~1595)에서는 체험에서 오는 웃음이 허 식의 인위성을 산산이 깨뜨리고 풍자한다. 이 희극은 한 편으로는 젊은이들의 어리석음에 대한 선의의 풍자요, 한편으로는 문체의 연습인 듯한 인상을 준다. 작자는 교 묘한 플롯은 피하고 해학적인 반어(아이러니)를 가지고 말의 큰 향연을 베푼다.

셰익스피어는 초기에 선배 작가의 모방을 해왔지만, 젊은 극자가로는 모방보다 반어가 더 알맞은 수단일 것 이므로, 아이러니는 타인의 문체를 그대로 따르기를 거

부하게 하는 동시에 원형의 깊은 상처를 지각하게 한
다. 사실 효과적인 반어법(反語法)은 경멸에서가 아니
라 항상 절도를 유지하는 존경에서 나오기 마련이다.
모방에서는 단일이라는 위험이 오기 쉽다. 그러나 아이
러니를 연습함으로써 젊은 극작가는 기교의 극치를 습
득할 수 있었으며, 자기 자신의 표현 방법을 발전시켜
가면서 타인의 입을 빌려 표현하는 능력을 배울 수 있
었을 것이다.

이 극의 문체가 다채로운 것처럼 극의 주제 또한 단
순하지 않다. 셰익스피어는 베룬 안에 자기의 이상적인
상(像)을 표현한 것이라는 추측이 있어 왔지만, 확인할
길이 없다. 다만 우리 앞의 베룬은 이미 페트루치오나
사생아 포큰브리지에서 나타난 형과는 완전히 변형된
형태이다. 그는 솔직하며 형식을 싫어하고 이상을 현실
과 절충시키는 인물이다. 여인의 눈의 매력에 관한 그
의 유명한 대사는 이 극의 주제의 일부에 지나지 않는
다. 끝에 가서는 그가 일 년 열 두 달 하루도 빠짐없이
병자를 위문하여 웃기게 하라는 벌을 로절라인한테서
받았을 때, 그의 수다스러운 정신은 수양되어야 할 판
국이었다.

그는 확실히 이 극의 주인공은 아니지만 작자의 대변
자라고 할 수 있다. 궁정의 즐거운 웃음판에 느닷없이

언급되는 병자는 〈착오 희극〉의 개막초에 언급되는 사
형 이상으로 우리에게 충격을 준다. 셰익스피어는 슬픔
을 생각하지 않고서는 농담을 할 수 없다고 생각하기에
그 농담은 한층 더 심각해지기 마련이다. 또한 그가 사
랑을 맹세하면 반드시 시간의 잔인한 낫이 내리치는 불
길한 소리가 귓전에 들려오며, 그러기에 그 사랑 또한
보다 더 심각하기 마련이었다.

　지금까지의 희극에서 셰익스피어는 여러 가지 주제를
다각도로 실험해 왔지만 〈한여름 밤의 꿈(A Midsum-
mer-Night's Dream)〉(1595~1596)은 셰익스피어
의 최초의 위대한 희극으로, 종전의 모든 수법은 이 한
편에 다 담겨져 있다. 그러나 재료는 종전의 그것들이
면서도 그 구조는 전혀 딴판이다. 티시어스와 히폴리터
로 말미암아 마련된 틀 안에 두 쌍의 애인과 직공들,
그리고 요정의 세계가 놓여지며, 이것들은 죄다 착오라
는 주제로 관계를 맺는다.

　이 극에서 셰익스피어는 또 하나의 집념을 비로소 명
백히 제시했다. 그것은 몽환과 현실이라는 개념이며,
처음으로 그는 외관과 실제를 대담하게 대조시킨다. 이
두 요소는 이후 극의 내적 본질을 이루게 되지만, 그의
이중 관점과 상식적인 인생관, 그리고 자연과 일치될
수 있는 능력이 모두 여기서 우러나온 것이다. 외관과

실제, 이 양자는 이제 그의 극에서 교향악에서의 주제
처럼 상호 작용을 하여, 높아졌다가는 낮아지는 변형을
하여, 잠시 하나로 합쳐지는가 하면 이내 분리되어 대
위(對位) 음악과 같은 효과를 발휘한다.

　이제 셰익스피어의 솜씨는 명백히 성숙해진 것이다.
여러 평론가들이 이미 간파한 것처럼 티시어스는 극의
진행을 비판하고, 끝에 가서 극의 분규를 원만하게 해
결지어 주는 상식적인 두뇌의 소지자이므로 그는 요정
세계의 인물들을 부정하고, 자연의 힘과 결탁하여 인위
적인 율법을 극복하고, 젊은 서정적인 사랑도 부정한
다. 그러나 티시어스 이외에 이 극에는 또 하나의 상식
적인 머리를 가진 성격이 있으니 그는 보텀이라는 인물
이다. 이 보텀은 요정 여왕의 키스를 받았다. 원래 셰익
스피어적 상식을 티시어스적 현실의 테두리 안에다 제
한할 수는 없고, 현실과 상상의 두 세계를 다 같이 포
용하고 있는 것이다.

　〈한여름 밤의 꿈〉에서는 월광(月光)이 요정들이 출몰
하는 숲 위에 고요히 내리 비치고 있으나 〈뜻대로 하세
요(As You Like It)〉(1599~1600)의 숲은 부드러운
햇빛을 흠뻑 받고 있다. 아테네 교외의 숲은 요정과 엘
리자베스 시대의 직공을 다 같이 맞이하여, 아어덴의
숲은 프랑스나 시인의 고향 워릭셔의 숲인 동시에 환상

의 영역이다. 〈뜻대로 하세요〉는 전원주의(田園主義)를
풍자한 전원극으로, 인습적 현실과 이상의 두 세계가
전개된다. 〈한여름 밤의 꿈〉에서, 티시어스는 한낱 상
식적인 인물이요, 〈뜻대로 하세요〉에서의 인간 터치스
톤은 극의 대변자라 할 리얼리스트요, 로절린드는 자기
자신 사랑에 깊이 빠져 있으면서도 터치스톤의 현실주
의를 솔직히 용납한다.

이는 곧 모순되는 성격에서 오는 대조라기보다 대조
가 내적인 것을 의미한다. 터치스톤은 어리석은 짓임을
알고 있으면서도 스스로 아어덴 숲을 찾아가며, 사랑의
어리석음을 똑똑히 알고 있으면서도 못생긴 시골뜨기
오드리와 결혼하는 철저한 리얼리스트이다. 그리고 로
절린드는 어느 여인에 못지 않게 열렬한 사랑을 하고
있으면서도 사랑의 허무함을 예리하게 인정하고 있다.
우리가 마주 대하는 이러한 세계는 모순의 세계인데,
이 세계는 생과 사의 영원한 모순도 지니고 있다.

셰익스피어는 명백히 인간을 사랑하고 또한 두려워했
다. 그리고 그는 고독을 사랑한 동시에 한 인간이 사회
적 동물이라는 사실도 인지했다. 온갖 것의 존재 의의
는 관점 여하에 따라 상대적인 것이다. 여기에서 셰익
스피어는 그것을 직관하는 것이다.

이제 셰익스피어의 낭만 희극은 성립되었다. 지금까

지 셰익스피어의 희극은 광대적인 코미디〔現實諷刺〕의
세계와 로맨스〔中世說話文學〕의 세계를 교체 성장해 왔
는데 〈한여름 밤의 꿈〉에서부터는 이 두 세계가 완전히
융합된 로맨틱 코미디라는 새로운 형식의 희극이 탄생
되었다. 원래 코미디란 로마의 로마 희극으로, 현실을
풍자함이 주안(主眼)이니 거기에는 광대역(fool; 로마 희
극에서는 식객)이 등장하여 모순된 현실을 풍자하며, 소
극적 요소가 짙게 마련이다. 한편 로맨스란 중세기의
설화문학으로 중세기의 연애관인 궁정적 연애와, 중세
기의 기사가 군주에게 충성을 다하듯이 남성이 여성에
게 절대 복종하는 하인의 입장에서 사랑하는 여자를 태
양이나 여신인 것처럼 숭배하는 정신적 연애, 그러니까
현실적이 아닌 양상이 주요한 내용을 이루고 있다.

　남녀 애정 문제에서 이와 같이 현실적 코미디와 비현
실적인 로맨스를 근대적인 애정관으로 발전시켜 연애와
결혼을 융합 조화시킨 것이 셰익스피어의 로맨틱 코미
디의 대조적인 표현이라 하겠다. 사실 이와 같은 애정
관은 르네상스 이래 지금까지 문학의 주요 주제가 되어
왔지만, 중세 로맨스가 그 비현실적인 양상을 극복하기
위해 왕후와 신하 사이의 불륜 관계를 즐겨 다루었듯
이, 그리고 오늘날의 문학이 남녀 불륜 관계를 오히려
더 많이 문학의 소재로 삼고 있듯이, 셰익스피어에서도

후반기의 문제극에서는 남녀간의 애정도 불륜의 대정상적(對正常的)인 양상으로 나타나게 마련이었다. 하지만, 〈뜻대로 하세요〉의 경우 로절린드는 목동 목녀의 로맨틱한 사랑과 터치스톤의 현실적인 사랑을 둘 다 이해·비평하면서 자기 자신의 연정을 근대적인 애정으로 발전 융화시켰으며, 이와 같은 셰익스피어의 솜씨는 참으로 경탄하지 않을 수 없다.

〈헛소동(Much Ado about Nothing)〉(1598~1599)은 클로디오 대 히로와 베네디크 대 비어트리스의 두 플롯의 암명(暗明)이 교차하는 가운데 음모라는 하나의 공통적인 주제로 수습되는 희극이다. 돈 존과 그 일당, 그리고 클로디오와 그 추종자는 다 이 주제 안에서 행동하는데, 히로조차도 누명을 쓰고 죽음을 가장한다.

말하자면 자연의 불가사의한 힘마저 공모하여 고소해하는 것 같다. 만나기가 무섭게 기지에 찬 입씨름을 벌이는 비어트리스와 베네디크를 주위사람들은 음모를 꾸며서 서로 사랑하게 하여 고소해하지만, 실상 두 사람은 상극을 가장할 뿐 서로 사랑할 운명인 것이다. 돈 존의 음모가 뜻밖에도 멍청하고 수다스러운 보안관 도그베리로 말미암아 발각되는 것도 자연의 이치라 하겠다.

극 전체는 단일 계획으로 수습되며, 만약 한 부분이라도 잘못 해석되면 이 희극의 정묘한 균형은 깨지게 마련이다. 셰익스피어는 클로디오와 히로를 연극적 세계에 나오지 못하도록 억제하여 신파적 인물에 머무르게 하였기 때문에 두 사람은 우리들의 공명을 불러일으키지 못한다. 그러나 이 극에서 베네디크와 비어트리스가 약동할 여지를 갖게 되고 이 발랄한 두 애인의 등·퇴장과 더불어 무대 위의 생기 또한 출몰하는데, 이들의 개성은 어찌나 강한지 퇴장한 후까지도 무대 위에는 실재의 여음이 감돌며 극 진행에 묘한 힘을 부여해 준다.

〈십이야(The Twelfth Night)〉(1599~1600)에서 오빠의 죽음을 비탄하는 올리비아는 검은 상복을 입고 등장하며, 바닥에는 애수가 흐르는 사랑의 소곡들로 점철되고, 이 희극 또한 미묘한 균형을 가지고 있다. 셰익스피어에게 있어서 충성은 가장 큰 미덕의 하나요 배신은 가장 큰 악덕의 하나였으므로, 올리비아의 비탄은 다소 과장되어 있을지언정 그 비탄은 결코 어리석은 과장이 아니었다. 공작의 구애를 사랑하지 않는 까닭에 거절하는 것은 당연한 일이겠지만 남장한 비올라를 사랑하게 되는 것은 잠시 동안의 자연의 장난이었을까. 그녀의 마음속에는 비올라의 쌍둥이인 아직 미지의 세

바스티안이 자리잡고 있었다. 모두가 조롱하는 맬볼리
오를 다소나마 동정하는 사람도 그녀뿐이다. 이런 의미
에서 이 극의 주인공은 올리비아겠지만, 〈헛소동〉의 베
네디크처럼 이 극에서 맬볼리오는 즉각적으로 우리의
머리에 떠오르는 성격이며, 그는 아마 충분히 개성이
발휘된 성격일 것이다. 이 청교도적인 이기주의자를 셰
익스피어는 모든 각도에서 살아 있는 인물로 관찰하였
고, 그러기에 작가는 그를 욕보이고 동정한다.

　셰익스피어는 초기 희극에서 로맨스와 코미디를 교대
로 실험해 오다가 제2기에는 이 양자, 즉 낭만적인 요
소와 현실적인 요소를 완전히 융합시켜 균형이 잡힌 원
숙한 희극들, 이른바 로맨틱 코미디를 창작해 냈다. 그
러나 셰익스피어의 천재성으로도 복잡하고 교묘한 로맨
틱 코미디를 전부 성공적으로 이끌어내기는 쉬운 일이
아니었다. 이것은 〈베니스의 상인(The Merchant of
Venice)〉 (1596~1597)을 검토해 보면 알 수 있다.

　〈헛소동〉이나 〈십이야〉는 정묘한 균형감이 있는 데
비해 〈베니스의 상인〉은 도중에 좌절된 희극이라 하겠
다. 바사니오가 포셔에게 구애하는 주제를 복잡하게 만
들기 위해서는 전형적인 악역이 필요했다. 이 악역은
무동기(無動機)의 배경적 인물이어야 했던 것이다. 그
러나 이 희극의 악역은 샤일록이라는 적극적인 역할을

하는 인물이 되고 만다. 엘리자베스 여왕을 살해하려고 했다는 음모 혐의로 체포된 유태인 의사 로페츠 사건 이후 군중 심리에 부화뇌동한 엘리자베스 시대의 관객에게 샤일록은 단순히 악인으로밖에 비치지 않을 뿐더러, 셰익스피어 역시 샤일록을 악인으로 그려내는 것이 본 의도였다고 보는 평론가들이 있다. 그러나 이는 셰익스피어를 시대의 저속한 해설자로 전락시키는 견해이며, 우리는 조급히 결론을 내리기 전에 좀 더 깊은 고찰을 해야 할 것이다.

그런데 셰익스피어가 이 샤일록을 어떻게 처리하였는가가 중요하다. 플롯에 있어서 샤일록은 액션을 복잡하게 하는 전통적인 악역에 불과하다. 그리고 포셔의 그 유명한 대사에서 표현되는 자비의 본질과, 계약을 고집하여 안토니오를 치사케 하려는 샤일록의 집념은 대조적이다. 샤일록의 원한은 당연한 것 같아 보인다. 그런데 셰익스피어는 플롯상 단순한 악역이 필요했는데 '안토니오 님, 당신은 까닭도 없이 나를 개라고 부르셨지요?' 또는 '유태 사람은 눈이 안 달려있단 말이오?' 등과 같은 대사는 자못 충격적이며, 이 극의 낭만적인 플롯과는 전혀 이질적인 것이다.

이러한 대사들은 엘리자베스 시대의 관객들이 샤일록의 상을 어떻게 보았든지간에, 셰익스피어는 이 전형적

인 악역에 흥미를 느낀 나머지 그를 한낱 악역의 틀 안
에 고정시키지 않고 한 인간으로서, 더구나 심한 모욕
을 받아 온 인간으로서 보았음을 말해 주는 것이다. 이
극은 이렇게 충격적인 대사와 분위기를 담고 있으므로
셰익스피어는 끝막의 서정적 분위기에서 샤일록을 초라
하게 퇴장시킴으로써 분쇄된 정서를 되찾으려고 애를
쓴다. 또한 달빛 아래 고요한 낭만적 분위기가 감돌고
있기는 하지만 그 재판정의 음산한 광경은 좀처럼 우리
의 뇌리에서 가셔지지 않는다. 그러니까 이 희극에서
셰익스피어의 이중 영상은 정묘한 균형을 이루지 못하
고 따로따로 고립하여 자칫하면 충돌할 위험한 상태에
놓여 있다.

　로맨틱 코미디들이 차차 어떤 애수와 음영(陰影)을
띠어가며 다음의 음울한 희극에 들어서기에 앞서 간주
곡이라고도 할 〈윈저의 명랑한 아낙네들(The Merry
Wives of Windsor)〉(1600~1601)에서 폴스태프가
또 등장한다. 〈헨리 4세〉에서 활약한 뚱뚱보, 사기한,
호색가는 플로터스 이래 전형적인 희극 인물인데 셰익
스피어의 영필(靈筆)을 거쳐 생기에 찬 창조적 인물이
되었다. 그러나 폴스태프는 이 희극에서는 〈헨리 4세〉
시절과 같은 기백은 이미 없어지고 성격 창조상으로 볼
때 사족의 일편이랄까, 그저 즐겁게 떠드는 인물이 되

고 말았다.

근대적 로맨스 세계의 구축과 더불어 셰익스피어의 희극은 완성을 이룬다. 이윽고 그것들 안에 깃든 모순들은 암영(暗影)을 확대하여 이제 비극기로 발전하는데, 이 시기에 비극적 분위기를 띤 희극은 세 편이 있다. 〈트로일러스와 크레시더(Troilus and Creesida)〉(1601~1602), 〈끝이 좋으면 다 좋다(All's Well that Ends Well)〉(1603) 그리고 〈이척 보척(Measure for Measure)〉(1604~1605)이 그것이다. 지금까지 희극의 발랄함을 보아 온 우리는 양자의 큰 차이에 당혹할 수밖에 없다. 이렇게 셰익스피어의 정신을 어둡게 한 원인에 대해서는 전기적·사회적으로 탐구되고 있지만 역시 개성적인 것이며, 외적 요인만으로는 설명될 수 없을 것이다. 아무튼 셰익스피어의 통찰은 한층 더 깊어져서 이 시기에 대비극을 낳게 한 것이지만, 이 시기의 희극들을 문제 희극이나 음울한 희극이라고 부르는 까닭도 여기에 있는 것이다.

〈트로일러스와 크레시더〉는 트로이 전쟁을 배경으로 한 연애와 전쟁을 얽어 놓은 환멸의 희극이라고나 할까. 그리스군에 포위된 트로이 진중에서 트로일러스가 크레시더와 결혼한 다음날, 그녀는 다시 만나게 될 날까지 정절을 맹세하고 그리스 진영으로 넘어가자마자

그리스의 부장 다이어미디즈와 사랑에 빠진다. 한편 사
랑하는 아내를 잃고 슬퍼하는 트로일러스는 적의 진중
에 가서 아내의 부정을 목격하고 슬픔과 분노와 치욕감
에 다이어미디즈와 결투하기로 하나, 적을 쓰러뜨리지
못한 채 이야기는 중도에서 끊어진다. 셰익스피어의 크
레시더는 음탕한 충동적 여성이요, 결혼의 행복 같은
것은 믿지 않는다. 여기에서는 이전의 희극에서와 같은
연애와 이지(理智)의 조화란 바랄 수 없다. 또한 이 극
에 등장하는 호메로스의 영웅들은 한결같이 명예감도,
기사도 정신도 안중에 없는 희화화(戱畵化)된 인물들로
희극적 분위기를 돋우는 특색 있다. 율리시즈의 질서론
은 셰익스피어의 사극에 구현된 질서관과 더불어 셰익
스피어 사상의 일단에 나타내 보인 것이라고 하겠으며,
어느 상징주의 평론가의 견해처럼 이 극에서 그리스측
으로 대표된 현실주의와 트로이측으로 대표된 이상주의
는 신구 두 사조가 소용돌이치던 셰익스피어 시대의 영
국 르네상스기의 현실을 묘사한 것이라고도 볼 수 있
다.

〈끝이 좋으면 다 좋다〉는 제목과 같이 희극적 해피
엔딩으로 끝나긴 하지만 전체 분위기는 암담하여 뒷맛
이 개운치 않다. 부(副) 플롯의 페롤리즈만 희극적이
고, 주인공들인 버트럼과 헬레너의 줄거리는 도리어 비

극적이다. 헬레너는 이루지 못하는 사랑을 고뇌한다. 그것은 신분의 차이 때문에 상대방이 그녀를 거들떠보지도 않기 때문이다. 국왕의 난치병을 완치시켜 줌으로써 헬레너는 버트럼과의 결혼을 허락받게 되나, 버트럼이 응하지 않고 실현 불가능한 문제를 그녀에게 부과한다. 국왕은 명예란 자연에서 생기는 것이지 신분이나 칭호에서 오는 것이 아님을 충고하는데, 이는 근대 로맨스의 이론이며, 버트럼은 그러한 근대적 로맨스에 참가할 수 없기 때문에 국왕의 충고에 응하지 않는다. 헬레너가 그 목적을 달성하는 방법은 버트럼의 사랑하는 여자와 바꾸어 그와 동침하는 계교의 방법인데, 이것 또한 근대 로맨스의 부정인 것이다.

〈이척 보척〉은 극으로서의 약점을 지니고 있긴 하지만 확실히 셰익스피어 작품 중에서 가장 주목할 만한 작품의 하나이다. 이 극의 결점은 로맨틱 코미디의 형식으로는 도저히 달성하지 못할 것을 시도한 것, 그리고 어떠한 연극적 기교를 가지고도 완성시킬 수 없는 문제를 주제로 한 점이다. 지금까지 성공한 로맨틱 코미디들은 자연의 일부인 숲을 배경으로 하여 전개되었으며, 이 대자연은 위험과 죽음을 내포하는 경우도 있었으나 결국 인자한 자연이었다. 그러나 〈이척 보척〉의 배경은 악에 젖은 빈의 부패한 추악의 거리요, 자연의

양상도 완전히 다르다. 요정의 발자국은 말굽에 유린되
고 창가(娼街)의 악취가 들꽃의 향기를 말살한다. 사랑
의 어리석음을 모르는 바 아니나, 행복의 극치를 서정
적인 사랑에서 발견한 듯한 셰익스피어가 이 작품에서
는 별안간 사랑과 음욕이 다르기는커녕 오히려 양자는
거의 구별될 수 없다는 사실을 깨닫는 것 같다. 뿐만
아니라 지금까지의 희극들에서 어렴풋이나마 제시되었
고, 〈베니스의 상인〉에서는 거의 주제로까지 강조된 정
의의 문제가 이제 음산하고도 복잡한 양상으로 극 전체
를 엄습하고 있다.

　지금까지 엄한 부모의 명령이나 율법에 대한 청춘의
사랑의 반동이나 방종은 명랑하고 천진 난만하였다. 그
러나 이제 개인인 인간과 사회적인 인간이 제시하는 영
구한 문제, 그리고 개인인 인간이 요구하는 자유와 사
회적인 인간에게 요청되는 율법 사이의 갈등이 제시하
는 영구한 문제에 직면하여 셰익스피어의 심경은 당혹
한 것이다. 이와 같은 것들을 로맨틱 코미디로 구성해
낸다는 것 자체가 셰익스피어의 천재성을 가지고도 힘
에 겨운 것이며, 이 극에 대한 평론가들의 혼선은 일부
이미 제작 당시부터 가로놓여 있었던 것이다. 더구나
그러한 혼선은 극의 진행이나 성격들을 어떠한 특정한,
그리고 제한된 관점에서 고찰하려는 태도 때문에 더해

지며 혹은 초래된다. 이는 상징적 해석과 역사적 비평
과의 저오(牴牾) 정도가 아니다.

그리고 이 극을 사회극과 같은 현대적 관심에서 보거
나, 가령 엘리자베스 시대의 관객의 입장에서 셰익스피
어의 묘사는 당대의 세상 이상의 것을 벗어나지 못한
것이라고 보는 것은 틀린 견해이다. 이 극이 복잡하고
도 모순이 양립하는 요소를 지니고 있다는 중요한 사실
을 간파하지 못한다면 그것은 잘못 본 견해일 것이다.

이 극이 통속적인 '요정 이야기' 이상의 것이라 함은
감정이 비극적 긴장에까지 도달하는 여러 장면들이나
정의니, 법이니, 정치니, 자비 등등의 대사들이 전편을
덮고 있는 것으로 보아 충분히 알 수 있다. 셰익스피어
는 단지 하나의 이야기를 전개시킨다는 것 이상의 깊은
의도를 가졌다는 사실을 우리는 인식해야 한다. 그렇다
고 이 극을 사상극(思想劇)으로서만 가치 판단을 해서
도 안 된다. 사실 셰익스피어는 이 극에서 인생의 비전
을 강조했으며, 선악에 대한 셰익스피어의 판단에도 불
구하고 생기 있고 뚜렷한 등장 인물들은 도덕률로 안이
하게 표현할 유형의 인물들이 아니다.

이저벨러를 순결의 상징이라고 한마디로 처리해 버릴
수는 없다. 물론 그녀는 순결한 여성이며 극중의 그녀
와 달리 행동해 주기를 바라는 것은 아니지만, 그녀의

표현이 좀더 다른 것이었으면 하는 아쉬운 마음이 든
다. 수녀복을 입은 그녀의 모습에는 어딘지 일종의 우
월감과 맬볼리오와 같은 이기주의가 감돈다. 셰익스피
어는 이 이저벨러를 창조함에 있어서 우리들의 도덕률
을 규정지을 수 있는 세계에서 사고한 것은 아니다. 앤
젤로에 대해서도 같은 문제가 생긴다. 셰익스피어는 앤
젤로를 음욕에 고민하는 인간으로 묘사했다. 보통의 유
혹에 대해서도, 그리고 어떤 미인에 대해서도 그의 엄
한 도덕률은 요지부동이었다. 오직 이저벨러의 순결만
이 그의 억압된 불씨를 어쩔 수 없는 정화(情火)로 휘
몰아넣은 것이다. 이렇게 하여 그는 신파적 인물 이상
의 것이 된다. 그는 이저벨러의 순결에 도전하는 악마
요, 일면 위선자요, 동시에 빈의 부패상을 진심으로 증
오하지만 그의 이상주의가 균형을 잃었기 때문에 그에
게 닥친 시련을 극복하지 못하는 인물이다.

　〈이척 보척〉의 근본적인 결점은 로맨틱 코미디로서는
허용할 수 없는 이저벨러와 앤젤로 같은 성격을 등장시
켜 심각한 문제를 다룬 데 있다. 격렬한 애증(愛憎)의
회호리바람 속에서 인생의 암흑과 심연(深淵)을 응시하
던 비극기에 이어, 이제 체관(諦觀)과 애정을 가지고
깨끗하고 맑게 인생을 바라보는 셰익스피어의 창작 활
동은 〈페리클리즈(Pericles)〉(1608~1609), 〈심벨린

(Cymbeline)(1609~1610) 〈겨울밤 이야기(The Winter's Tale〉(1610~1611), 〈태풍(The Tempe-st)〉(1611~1612) 등 4편의 낭만극을 가지고 막을 내린다. 이것은 하나의 비희극이랄까, 그러면서도 원만한 해결이 예정되고, 고의적인 악의든 단순한 오해든간에 어떠한 사정으로 인하여 불화를 빚어낸 가족이 이산(離散)한 끝에 십수 년 후에야 뜻밖에도 다시 골육이 상봉함으로써 화해한다는 것이 만년의 낭만극의 공통적인 주제이다.

인생의 비극적 고난이 죽음을 겪고 재생으로 발전하며, 이때 재생의 원동력이 되는 것은 셰익스피어가 여태까지 자주 채용한 바 있는 자연의 힘이지만, 여기서는 그 위에 또 초자연력이 첨가된다. 셰익스피어의 만년에 영국의 극작계는 이러한 비희극이 유행되기는 했지만, 셰익스피어는 그러한 유행에 따랐다기보다 그가 만년에 정착한 곳이 재생(再生)과 화해와 관용의 맑디맑은 경지였다 하겠다.

〈심벨린〉 이외에는 다 딸들이며, 아버지와 딸의 상봉과 화해, 이는 곧 〈리어 왕〉의 주제이기도 했다.

그러나 코델리아는 부왕의 면전에서 비천한 병사의 손에 교살당하고, 리어 왕 또한 딸의 시체를 안은 채 절명한다. 그러나 낭만극의 주인공들은 죽지 않는다.

〈심벨린〉은 성장한 두 아들과 상봉하고, 이전에 추방한 귀족 벨레이리어스와 화해한다. 〈겨울밤 이야기〉의 리온티즈 왕은 갓난아기로 내다버린 딸 퍼디터가 성장하여 오해 원인의 상대방인 보헤미아 왕의 아들 플로리젤과 사랑하는 것을 알고 양인을 축복하며 폴리서니즈와 화해하고 누명에 죽은 것으로 알았던 아내의 생존을 알고 기뻐한다. 셰익스피어의 창작 활동의 말기에 보먼트(Beaumont), 플레처(Flecher) 등의 새로운 기교파와 더불어 극단의 정세는 변하여 순수 비극보다는 비희극적인 낭만극이 영합되었다. 그러나 동일한 주제를 다루고 있으면서도 〈리어 왕〉과 〈겨울밤 이야기〉와 차이는 확실히 작가의 심경의 변화를 말해 주는 듯하다.

최근 〈페리클리즈〉, 〈심벨린〉, 〈겨울밤 이야기〉를 상징극 또는 우유극(寓喩劇)으로 다루는 견해도 있는데 이러한 견해가 어디까지 정당화될 수 있는지 의심스럽기는 하다. 그러나 확실히 〈페리클리즈〉에서의 폭풍이나, 〈겨울밤 이야기〉에서의 난파(難破) 등이 셰익스피어의 심경에 상상적 의미를 지닌 것은 확실하지만 그 이상을 추구하는 것은 위험하며, 다만 셰익스피어는 종전에도 다루었던 설정들을 새로운 정서 아래서 잘 이용한 것이라고 보는 것이 타당한 견해일 것 같다. 동시에 셰익스피어는 논리적으로가 아니라 상상의 세계에서 철

학을, 특히 원시적인 소박성, 자연의 순수한 자세, 인간
지혜 등 상호 관계의 영원한 문제를 골똘히 명상한 듯
하다.

〈태풍〉에서는 자연적인 자유와 사회적인 율법 사이의
갈등 문제도 제시되지만, 감각 세계와 정신 세계 사이
의 보다 높은 차원의 문제가 제시된다. 지금까지 희극
에서 셰익스피어가 당면해 온 꿈과 환상은 이제 객관화
된 셈이며, 지혜의 보고(寶庫)에서 진지하게 우러나오
는 프로스페로의 저 유명한 대사는 현세의 명백한 실체
들이 모두 다 가공적인 꿈에 불과함을 간파한다.

지금까지 여러 번 심각한 인상을 준 바 있던 잠의 영
역이 이제 확대되어 전인생을 포용한다고나 할까. 그러
나 셰익스피어의 솜씨는 어찌나 미묘했던지 그와 같은
프로스페로도 마법의 책과 마법의 지팡이를 기꺼이 내
던져버리고 고국에 돌아갈 준비를 한다. 그가 원수들과
화해하고 재생하여 마법의 세계로부터 현실의 세계로
돌아가는 모습은 셰익스피어 그 자신을 방불케 할 뿐
아니라, 프로스페로는 항시 영감을 상상에서 가져오는
셰익스피어의 이상적인 자세인지도 모르겠다.

셰익스피어 시대

셰익스피어가 살았던 무렵의 영국은 대부분 엘리자베스 여왕(재위 1558~1603) 치하인데, 이 르네상스기의 영국 장미전쟁(1455~1485)과 청교도 혁명(1642~1649)이라는 영국사에 있어서 두 개의 가장 비참한 내란 틈에 끼인 시기로, 말하자면 폭풍 속에 반짝 비친 햇살과도 같은 시대였다. 랭커스터 가문과 요크 가문의 왕위 쟁탈전인 장미전쟁의 기억도 차츰 가시고, 그 바로 뒤에 세워진 튜더 왕조가 근대 국가의 뿌리를 다졌다. 즉 튜더 왕조 최후의 엘리자베스 여왕에 이르러 중앙 집권 확립이 한결 진척되었으며, 종교면에서는 헨리 8세(재위 1509~1547)가 로마 교황과의 관계를 단절시킴으로써 국교화(國敎化)의 길이 열렸다.

1588년에는 로마 가톨릭의 대표국인 스페인의 무적 함대를 격파하고 국위를 크게 떨쳐 무역도 번창하고 상업도 날로 성해져서 중산 계급이 고개를 들기 시작했다.

이 국력 팽창에 따라 애국심도 높아지고, 신교국으로서 유럽의 구교도 제국과 대립하는 입장에 놓이게 되어 독립국 영국의 의식은 강하게 국민의 마음속에 뿌리를 내렸으며, 또한 그것이 자기 나라의 역사에 대한 관심으로 나타났다. 역대의 국왕을 다룬 셰익스피어 사극은 관객의 이와 같은 의식과 흥미를 반영하고 있는 것이다.

문화적으로는 대륙에 뒤진 영국이었으나, 16세기 후반 영국의 문예는 갑자기 활기를 띠어 그때까지의 정체에서 벗어나 일약 세계적 수준에 다달았다. 시에서는 에드먼드 스펜서, 산문에서는 존 릴리, 희극에선 존 릴리와 로버트 그린, 토마스 키드, 크리스토퍼 말로가 배출되고 외국 문학도 열심히 받아들여져 그리스·로마의 고전과 동시대의 외국 문학이 속속 번역되었다. 그 중에서도 채프먼에 의한 호메로스의 영역, 노드 역의 플루타크 〈영웅전〉, 플로리오의 몽테뉴 영역 등이 주목된다. 런던에 처음으로 상설극장이 세워진 것도 이 무렵(1576)이었다.

즉 당시의 영국은 르네상스가 가져온 인간의 새로운 가능성을 향해 열려진 무한한 세계로 자유로운 시민 정신이 발랄하게 개화하기 시작한 시대이고, 거기 따라 지식욕도 왕성하여 이 세상의 모든 현상(現象)에 대해

탐욕스러운 호기심을 느낀다. 고귀한 사람들의 생활이나 피비린내나는 살육, 또는 추잡한 농담이나 무엇이든 흥미의 대상이 되지 않는 것이 없었다. 그러나 이 시대를 생명력의 창일(漲溢)과 명랑성만으로 특징지울 수는 없다. 왕조 교체에 대한 불안과 전환기·변동기에 흔히 볼 수 있는 모순도 이 시대는 안고 있어서 이른바 명암이 교차하는 복잡한 시대였다.

어두운 면이라고 하면 1601년 에섹스 백작의 반란(셰익스피어의 후원자였던 사우댐턴 백작도 연좌되어 처형됨)을 경계로 하여 르네상스의 물결을 타고 있던 영국 사회에 그림자가 깃들기 시작했는데, 셰익스피어 후기의 작품이 이전의 명랑성을 잃은 것을 그 때문으로 보는 사람도 있다.〔풍자 희극의 대가 벤 존슨과 같은 경쟁자가 나타나 이전처럼 극계를 독점할 수 없게 된 것도 사실이며, 다시 보먼트와 피레처라는 합작자가 '비희극(悲喜劇)'이라는 것을 유행시켜 호평을 받은 일도 셰익스피어의 작풍에 영향을 주어 〈심벨린〉이나 〈겨울밤의 이야기〉 등은 이 '비희극'의 작풍을 나타내고 있다.〕

또 엘리자베스 시대의 영국에는 새것과 낡은 것이 기묘하게 뒤섞여 있었다. 한편에서는 천년 이상의 확고한 역사를 가진 중세의 그리스도교 세계관이 끈덕지게 남아 우주 만물은 하느님을 정점으로 정연한 계층적 질서를 이루며 지구상의 자연도, 인간 사회도, 인체 그 자체도 소우주를 형성하여 대우주에 마주 웅하고 (셰익스피어 비극에서는 흔히 인간 세상의 이변이 선행하고 자연계의 변란이 나타난다), 인간에서 동물을 거쳐 무생물로, 또 제왕에서 서민 대중으로 계층 질서가 정립 되고 있다. 인체의 갖가지 기능도 두뇌와 심장을 정점으로 한결같은 질서를 형성하고 있으며, 이 질서를 깨뜨리는 일은 혼란이며 반란이라는 신념이 강하게 살아 남아 있었다.(셰익스피어의 비극에서는 일단 교란·파괴된 질서가 종국에 가서는 반드시 회복된다는 수법이 쓰여진다) 천체는 지구를 중심으로 운행되고, 그 맨 위에는 천국이 있으며, 맨 아래에 지옥이 위치한다는 프톨레마이어스의 우주관을 아직도 믿고 있었다. 악마의 연구가 행해졌으며 마녀나 망녕의 존재, 국왕의 기적적 치유력 등을 믿고 있었다.

그런가 하면 다른 한편에서는 '인간이야말로 천지 조화의 오묘함에 이성은 숭고하고 능력은 무한하며…… 천사 같은 이해력에다 마치 신과 같고, 세상의 꽃이요 만물의 영장'이라고 한 햄릿의 대사에서 보는 것 같은 인간 예찬이 구가되었다 나아가서는 마키아벨리즘의 냉엄한 현실주의나 무신론이 힘을 갖기 시작하여 몽테뉴의 회의론조차 받아들여지며, 계몽과 자아의 각성과 해방이라는 근대의 조류가 서서히 흘러들기 시작했다.

이와 같이 새것과 낡은 것이 교차하는 격렬한 시대에 셰익스피어는 의식과 실생활 위에서는 중세적 질서 쪽에 몸을 두고, 공동체 의식 속에 뿌리를 내리고 온건하게 살면서 '신과 같은 기록자의 눈'으로 풍부하고 다양한 르네상스기 영국의 실정과 인간의 영원한 모습을 연극의 거울에 비쳐냈을 뿐 아니라 무의식 속에서는, 특히 비극에 있어서는 은연중에 근대를 예상하고 받아들였던 것이다. 예컨데 햄릿이나 맥베스, 그들은 뚜렷이 고독을 안고 있다. 다만 근대인의 고독과 다른 것은 그것을 당사자가 지나치게, 혹은 수동적인 태세로 의식하지는 않았다는 점이다.

여기에 우리에게는 없는 그들의 건강성이 있다. 근대의 로맨티시즘을 병적이라고 한다면 셰익스피어의 그것은 건강한 로맨티시즘이라고 부를 수 있을 것이다.

셰익스피어 극의 발전

셰익스피어 희곡의 집필 연대는 외적 증거(동시대인이 한 언급)나 내적 증거(작품 중 시사 문제의 언급이나 작품의 문제)에 의해 추정되고 있으나, 그 추정 연대는 학자에 따라 다소 견해의 차가 있다. 어떤 작품은 몇 년에 걸쳐 개작이 거듭된 경우도 있다. 여기서는 도버 윌슨(John Dover Wilson)의 추정을 이용하겠다.

셰익스피어의 희곡은 형식상으로는 사극 · 희극 · 비극의 세 가지로 나누어진다. 사극은 영국 역사에서 취재한 것인데, 내용상으로는 〈리처드 3세〉같이 비극이라고 해도 좋을 만한 것도 있고, 〈헨리 4세〉같이 희극적인 것도 있다. 사극은 거의 전반기에 쓰여졌다. 그리고 비극 중에서도 〈코리올레이너스〉, 〈줄리어스 시저〉, 안토니와 클레오파트라〉의 세 작품은 〈플루타크 영웅전〉에서 취재한 것으로 로마 사극이라고도 불린다.

습작 시대

〈헨리 6세(Henry 6)〉 제1·2·3부 사극 1590~1592

〈리처드 3세(Richard 3)〉 사극 1592~1593

〈착오 희극(The Comedy of Errors)〉 희극 1592~1593

〈타이터스 앤드로니커스(Titus Andronicus)〉 비극 1593

〈말괄량이 길들이기(The Taming of The Shrew)〉 희극 1593~1594

〈존 왕(King John)〉 사극 1594

〈베로나의 두 신사(The Two Gentlemen of Verona)〉 희극 1594~1595

〈사랑의 헛수고(Lover's Labour's Lost)〉 희극 1594~1595

〈로미오와 줄리엣(Romeo and Juliet)〉 비극 1595

희극 시대

〈리처드 2세(Richard 2)〉 사극 1595~1596

〈한여름 밤의 꿈(A Midsummer-Night's Dream)〉 희극 1595~1596

〈베니스의 상인(The Merchant of Venice)〉 희극 1596~1597

〈헨리 4세(Henry 4)〉 제1·2부 사극 1597

〈헛소동(Much Ado about Nothing)〉 희극 1598~1599

〈헨리 5세(Henry 5)〉 사극 1598~1599

비극 시대

〈줄리어스 시저(Julius Caesar)〉 비극 1599

〈뜻대로 하세요(As You Like It)〉 희극 1599~1600

〈윈저의 명랑한 아낙네들(The Merry Wives of Windsor)〉
희극 1600~1601

〈햄릿(Hamlet)〉 비극 1600~1601

〈트로일러스와 크레시더(Troilus and Cressida)〉 비극
1601~1602

〈십이야(The Twelfth Night)〉 희극 1599~1600

〈끝이 좋으면 다 좋아(All's Well That Ends Well)〉 희극
1602~1603

〈맥베스(Macbeth)〉 비극 1606

〈오셀로(Othello)〉 비극 1604

〈이척 보척(以尺報尺:Measure for Measure)〉 희극 1604
~1605

〈리어 왕(King Lear)〉 비극 1605

〈안토니와 클레오파트라(Antony and Cleopatra)〉 비극
1606~1607

〈코리올레이너스(Coriolanus)〉 비극 1607

〈아테네의 타이몬(Timon of Athens)〉 비극 1607~1608

낭만극 시대

〈페리클리즈(Pericles)〉 희극 1608~1609

〈심벨린(Cymbeline)〉 희극 1609~1610
〈겨울밤 이야기(The Winter's Tale)〉 희극 1610~1611
〈태풍(The Tempest)〉 희극 1611~1612

셰익스피어의 작가 활동은 대개 4기로 나누어진다. 이 구분은 비평가 에드먼드 다우덴(Edmond Dow-den) 무렵부터 비롯된 것으로 편의적인 것이기는 하지만 셰익스피어 극의 발전을 설명하는 방식으로서는 그런 대로 수긍이 가므로 위의 집필 연대표에 기입해 두었다.

습작 시대는 선배 작가들을 모방한 시기로, 희극으로는 궁정풍의 희극을 쓴 존 릴리, 비극이나 사극으로는 말로나 키드에게서 강한 영향을 받았다. 이 시기를 다우덴은 작가가 '일자리에 있는' 시대라고 부른다.

희극 시대에 이르면 작가의 인간 통찰이 더욱 깊어져 작극술(作劇術)도 독자적인 것이 된다. 특히 〈한여름 밤의 꿈〉의 작극술은 실로 호방하면서도 빈틈이 없어 작가가 극의 전개를 마음대로 다룰 수 있는 능력을 가지게 되었다는 것을 실증한다. 걸작 희극 〈십이야〉와 〈뜻대로 하세요〉도 이 시기에 쓴 것으로 알려져 있다. 말하자면 셰익스피어가 '세상에 나왔다'고 일컬어지는 시대이다.

비극 시대에는 작품이 차츰 어두워져 희극 시대에 보여 주던 경쾌함과 명랑함은 사라지고 '심연 깊숙이' 몸을 잠그고 있는 것같은 느낌을 준다. 4대 비극 〈햄릿〉, 〈맥베스〉, 〈오셀로〉 그리고 〈리어왕〉도 이 시기에 쓰여졌다. 이 시기에는 절망적 인간 불신의 감정이 깔려 〈오셀로〉 외의 3대 비극에서는 암흑의 우주 그 자체를 배경으로 영혼의 전율이 그려졌다.

특히 〈리어왕〉에 있어서의 세계 질서가 붕괴된 뒤 부조리의 노정(露呈)은 심연적이다. 작가가 자유 분방한 희극 시대에서 달음질쳐 이와 같은 비극 세계에 돌입한 것은 무슨 까닭일까. 그 이유는 그 어느 것도 억측의 영역을 벗어나지 못하지만 신변의 타격, 비극에의 도전 등의 이유 외에도 몽테뉴의 회의론에 많은 영향을 받았기 때문이리라는 추측도 있다.

그러나 셰익스피어는 다시금 전신(轉身)하여 심연에서 관조의 '높은 곳'으로 올라간다. 최후의 낭만극 시대가 그것이다. 이는 희극 시대로의 단순한 복귀가 아니라 희극 시대의 밝음과 즐거움, 그리고 비극 시대의 어둠과 쓰라림을 거쳐 비로소 다다를 수 있는 인생과의 화해의 경지였다고 보여진다.

최종 작품 〈태풍〉은 마술로 사람들을 놀라게 한 도주(島主) 프로스페로가 맺는 끝말로 막이 내리는데, 이

에필로그와 그밖의 몇몇 대사는 이제까지 20여 년 극
계를 주름잡아 온 작가 자신의 결별사라고도 볼 수 있
다. 셰익스피어 극이라는 타원(楕圓)이 여기에서 완결
되는 셈이다.

셰익스피어의 희곡에는 거의 전부 출처가 있다. 예전
에 쓰여진 국내외의 이야기며 사화(史話), 혹은 희곡 등
을 참고로 하여 독자적 희곡을 썼으며, 그런 점에서 그
의 극은 순수한 창작이라고 하기는 어렵다. 즉 하나의
작품에 갖가지 밑받침을 포함하는 다층체(多層體)를 이
루고 있어 셰익스피어 자신의 순전한 창작은 〈한여름
밤의 꿈〉뿐이라고 주장하는 학자까지 있다. 그뿐 아니
라 이 시대에 있어서는 독창이라는 것은 별다른 의의도
갖지 않았으며, 훌륭한 작품이라는 것은 거의 모두가
표절의 누적에 지나지 않았다.

따라서 셰익스피어 극을 평할 때 그 전체가 마치 셰
익스피어의 독창인 것처럼 평하는 것은 잘못이다. 그러
나 모티브를 빌려 썼다고는 해도 번안·개작이 아니라,
예를 들면 연대기를 자료로 사용했을 경우에는 대담한
극화(劇化)를 감행했다. 선인의 것을 모방한 경우에도
초점을 대담하게 바꾸고 주제를 명확하게 설정하는 등
전체를 작자 자신의 것으로 만든 것이다. 테가 하나의
제약임에는 틀림없었으나 그 테 안에서 오히려 집중적

으로, 그리고 자유롭게 피와 살을 가진 인물을 창조해
내고 새로운 성격이나 장면을 만들어낼 수 있었던 것이
다.

셰익스피어의 문체

셰익스피어 극의 대부분은 이른바 무운시(無韻詩)다. 강약(强弱─억양)의 두 음절을 한 줄에 다섯 번 되풀이 하고 운을 밟지 않은 시형(詩形)이다. 그 원형인 약강 오보격(弱强五步格) 시형은 초서가 ≪캔터베리 이야기≫를 쓸 때 고안해낸 것인데, 그 뒤 명맥이 끊어진 것을 16세기에 토머스 와이어트가 부활시키고, 이어 헨리 하워드가 블랭크(無脚韻)의 약강 오보격을 창시했다. 이 블랭크 버즈를 처음으로 희곡에 응용한 것은 말로지만, 이 시형의 묘미인 자유 분방한 파격을 교묘하게 자기 것으로 만든 사람은 셰익스피어이다.

셰익스피어 극이 시로 쓰여졌다는 것의 의미는 크다. 시는 일상 쓰는 말로는 나타낼 수 없는 격을 낳고, 또한 뜻과 내용에 깊이를 준다. 이미지에 의한 의미의 회화화가 무대장치의 빈곤을 메워 주고 관객과 독자의 상상력을 자극하며 그 음악성이 대사에 율동감을 준다. 그리하여 시 특유의 수사와 은유와 음악성이 한 데 어울려 대사를 아름답게 전달하게 하고, 품위 있는 것, 색 다른 것의 표현에 합당한 매체가 되는 동시에 천하고 흔한 것의 표현을 속되지 않게 한다. 셰익스피어에서 중요한 점은 '그가 무엇을 말했는가가 아니라 어떻게 말 했는가'이다. 즉 내용도 중요하지만 표현 형식이 보다 더 중요하다. 셰익스피어 극의 등장 인물들이 발랄한 까닭은 단순히 그들의 동작이나 대사 내용 때문이 아니 라 그들의 말투, 즉 대사의 아름다움과 음악성, 그리고 힘찬 약동성 때문이기도 하다. 셰익스피어는 비극과 희 극의 두 분야에 걸쳐 걸작을 낳았다. 이것은 지극히 드 문 일이다. '비극의 라신, 희극의 몰리에르'라고 하듯 어 느 한 분야에서 대성한 극작가는 많으나 두 영역에 걸 쳐 모두 손색 없는 걸작을 낸 작가는 셰익스피어뿐이 다. 그는 또 '어두운 희극' 또는 '문제극'이라고 불리는 비희극도 썼는데, 그것과는 별도로 비극과 희극을 뒤섞 어 비극 중에 가끔 희극적 장면을 삽입하는 대담한 수 법을 썼다. 예컨대 비극의 주인공 햄릿은 동시에 즉흥 적인 광대역도 하는 인물이다.

　셰익스피어 희극은 지적이며 실질적인 풍속 희극과 정적이며 목가적 · 몽환적인 낭만 희극으로 크게 나눌 수 있으나 셰익스피어가 독자적으로 개척한 것은 두 요 소를 완전히 융합시킨 〈한여름 밤의 꿈〉을 기점으로 하는 낭만 희극이다. 셰익스피어 희극의 진수는 풍자보다 너그러운 웃음을 담은 로맨스에 있다고 하겠다.

셰익스피어 비극의 특징 중 하나는 그것이 성격 비극이라는 점이다. 그리스 비극에서는 신의 뜻에 묶인 인간의 숙명이 기본이지만, 셰익스피어 비극의 거의는 '성격은 운명이다'라는 말에 요약되듯 주인공의 선천적·후천적 소질이 당자를 파멸로 모는 것이다. 괴테는 셰익스피어 비극을 개인적 욕망과 의무의 맞써름이라고 보았다.

고전적 삼일치(三一致;때와 장소와 줄거리의 통일)의 법칙을 무시하고 파격의 극을 쓴 것도 셰익스피어이다. 〈태풍〉 이외의 그의 모든 극에서 때와 장소는 멋대로 다뤄지고 있으나 줄거리의 통일만은 엄격히 지켜지고 있다. 언뜻 보아 전체는 자유 분방한 인상을 주지만 기교 없는 듯이 보이는 기교가 아슬아슬한 한계점에서 전체를 통일하고 긴박감을 띠게 하는 것이다.

셰익스피어는 또 서른일곱 편의 희곡에 있어서, 되풀이한다는 매너리즘의 폐단에 빠지지 않고 끊임없이 작품마다 새 출발이기나 한 것처럼 작품의 밑바탕을 바꾸고 있다. 이것은 그가 어떤 종류의 소재라도 놓치지 않고 이용한 그 소재의 다양성에도 있으나 천재적 시극 작가로서의 재능 때문이다.

셰익스피어 극에 등장하는 인물은 실로 다양하다. 위
로는 왕후 귀족에서부터 아래로는 군중이나 무뢰한과
광대에 이르기까지, 남녀노소 현우(賢愚) 할 것 없이,
또 로마인이거나 영국인이거나 모든 인물이 개성 있게
그려져 있다. 그들은 대개의 경우 치우친 '개인'이기보
다는 인류의 각 계층이나 유형의 대표이고 전형이며 종
족이다. 우리가 그들에게 친근감을 느끼는 이유의 하나
는 여기에 있다.

'천만(千萬)의 마음을 가진 셰익스피어'라는 찬사는
위에서 말한 바와 같은 천차만별의 인물을 만들어낸 그
의 천재에 바쳐지는 것이지만 그것을 더 근대적으로 해
석하면, 그것은 '천만의 인격을 가졌다'는 뜻이 아니라
'하나의 인격을 천만의 뉘앙스로 보고 있었다'는 뜻으로
생각될 수도 있다. 악인을 단순히 악인으로서만 보는
것이 아니라 그 뒷면에 있는 인간적인 나약성, 혹은 선
량성도 그려내고, 선인에게도 악의 요소를 보아넘기지
않았던 것이다. 귀공자 햄릿 안에서도 음담패설에 흥을
돋우는 소탈한 청년을 보고 있었다. 즉 하나의 인간이
'천만의 마음을 가진' 사실을 파악한 것이다. 셰익스피
어는 인간을 한 측면으로만 보지 않았다.

셰익스피어 극의 세계는 정교하게 다듬어진 정원수라
기보다 울창한 숲이다. 그와 같은 광대한 세계, '천만의

마음'을 아무런 거리낌 없이 만들어낸 셰익스피어의 비밀은 무엇인가. 그것은 허즐리트(Hazlitt)도 말한 바와 같이, 그가 '자기 중심주의와는 완전히 인연이 먼 사람으로, 그 자신은 무'였기 때문이 아닐까. 오직 무였으므로 '모든 사람의 있는 그대로의 생태와, 그 있을 수 있는 모습을 자기 것으로 만들 수 있었던' 것이 아닐까. 셰익스피어는 극단과 사회와 관객인 귀족이나 대중 등 자기를 에워싸는 갖가지 제약 아래에서, 제약을 배제하는 것이 예술가라고는 꿈에도 생각지 않고, 모든 제약에 맞춰 완전히 자기 자신을 노출하지 않고 극작함으로써, 셰익스피어 자신과 개성이 오히려 선명하게 부각된 것이다.

옮긴이 약력

경성대학 법문학부 영문과 졸업
동국대학교 영문학 교수

저   서
《셰익스피어 문학론》

역   서
《셰익스피어 전집》 (전5권)
《신역 셰익스피어 전집》 (전8권)

태 풍　　　　　　　〈서문문고 148〉

개정판 인쇄 / 2000년 6월 10일
개정판 발행 / 2000년 6월 15일
옮긴이 / 김 재 남
펴낸이 / 최 석 로
펴낸곳 / 서 문 당
주 소 / 서울시 마포구 성산동 103-7호
전 화 / 322—4916~8 팩스 / 322-9154
등록일자 / 1973. 10. 10
등록번호 / 제13-16

초판발행 1975년 4월 10일 * 잘못된 책은 바꾸어 드립니다

서문문고 목록

001~303

◆ 번호 1의 단위는 국학
◆ 번호 홀수는 명저
◆ 번호 짝수는 문학